Orangen und Schokolade

Amalia Zeichnerin

Orangen und Schokolade

Impressum

Texte: © Amalia Zeichnerin
Umschlag: © Amalia Zeichnerin
Selbstverlag: Amalia Zeichnerin
Furtweg 51a
22523 Hamburg
amaliazeichnerin@gmx.de
www.amalia-zeichnerin.net

Druck: epubli - ein Service der neopubli GmbH, Berlin

Thomas

Kapitel 1

Die Frühschicht im Fitness-Studio war heute Morgen recht ruhig gewesen. Ich hatte einige unserer Mitglieder im Kraftraum betreut, die dort auf sportliche Weise in ihren Tag starten wollten.

Später hatte ich zwei Workout-Kurse und einen für Pilates gegeben. Vor allem die Workouts waren schweißtreibend wie immer gewesen, so dass ich froh war, anschließend duschen zu können. Aber ich genoss wieder mal den Kick der Endorphine, den mir die reichliche Bewegung bescherte. Außerdem war es immer schön zu sehen, wenn unsere Kunden Fortschritte machten.

Inzwischen war es Nachmittag geworden und ich steuerte auf den Supermarkt im Altonaer Einkaufszentrum Mercado zu; Gemüse für eine Rohkost-Platte stand auf meinem Einkaufszettel. Der Markt befand sich ganz hinten im Mercado und ich schlenderte vorbei an dem Bioladen und dem Bäcker. Im Supermarkt war es ziemlich voll, wie meistens um diese Uhrzeit. Gerade als ich mich in der Gemüseabteilung über die Biokarotten beugte, rempelte mich jemand mit seinem Einkaufswagen von hinten an. Ich fuhr herum; mein erster Blick fiel auf die Waren in dem Wagen: jede Menge Schokolade – auf den ersten Blick erkannte ich vier verschiedene Sorten – mehrere Packungen Weißmehl und Industriezucker, drei Packungen Freiland-Eier und mehrere Liter Bio-Milch. Sah aus wie ein Hamsterkauf, aber wer bitte kaufte denn solche Mengen an Frischmilch? Die hielt sich doch nur wenige Tage.

Ich wandte meinen Blick der Person hinter dem Wagen zu. Eine korpulente Blondine mit einem rundlichen, durchaus hübschen Gesicht. Sie trug eines dieser bunt gemusterten Fünfziger-Jahre-Kleider mit weitem Rock und kurzen Ärmeln, für die man eigentlich eine Wespentaille brauchte.

Erstaunlicherweise stand es ihr gut, sie hatte trotz der voluminösen Taille die richtigen Proportionen dafür. Ihr Haar war zu einem wippenden Pferdeschwanz zusammengebunden.

„Oh, Entschuldigung!“, sagte sie hastig.

Vermutlich hatte ich ziemlich erbost dreingeblickt. „Kein Problem“, winkte ich ab. Mir lag ein böser Witz über Körpergewicht auf der Zunge, den ich natürlich nicht laut aussprach. Dann fiel mir ein, dass ich die Frau schon einmal bei uns im Fitness-Studio gesehen hatte. Das weckte meine Neugier.

„Entschuldigen Sie, aber waren Sie nicht mal in einem Kurs im Fitness-Studio *Fit & Fein*?“

„Ja...“, sagte sie zögernd. „Aber ich mach jetzt was Anderes.”

„Oh, ach so. Ich frag auch nur, weil ich dort als Trainer arbeite.”

Sie blickte mich überrascht an. „Ah, verstehe."

Ich bereute es schon, sie überhaupt darauf angesprochen zu haben. „Haben Sie für eine Party eingekauft?", rutschte es mir heraus. Ich deutete auf ihren Wagen. Eigentlich stellte ich Fremden sonst nicht solche Fragen …

„Nein, das ist für Back-Tutorials, auf Youtube. Ich habe da einen Kanal."

Was für ein Zufall… Das erklärte natürlich den „Hamsterkauf". Bestimmt gab es in ihren Tutorials lauter Kalorienbomben, von denen man einen Zucker-Flash bekam.

„Ich bin auch Vlogger", sagte ich. „Und Blogger. Darf ich Ihnen vielleicht meine Karte geben?" Welcher Teufel ritt mich eigentlich, dass ich dieser Frau meine Visitenkarte aufschwatzte? Macht der Gewohnheit vielleicht, denn ich verteilte meine Karten ziemlich häufig.

Sie betrachtete die Karte, die in frischen Grün- und Blautönen gehalten war. Darauf waren meine Webseite und auch der Youtube-Kanal vermerkt.

„*Thomas' Healthy Life* …", las sie halblaut, bevor sie mich kurz ansah und die Karte dann in ihre Handtasche steckte. „Danke. Schau ich mir mal an bei Gelegenheit. Schönen Tag noch."

„Danke, ebenfalls."

Als sie mit ihrem Einkaufswagen von dannen zog, ertappte ich mich dabei, dass ich auf ihren großen Hintern starrte. Ausgerechnet bei solch einer molligen Frau … Ich wandte mich wieder den Karottenbündeln zu und überlegte, ob ich noch ein paar Orangen einkaufen sollte. Für mich gab es nichts besseres als frischgepressten Orangensaft. Den hatte ich schon als Kind gern getrunken. Smoothies mit Orangensaft waren fast noch besser. Wenn nicht noch zig andere Zutaten drin waren, die den Orangengeschmack überdeckten.

Zuhause dachte ich wieder an diese Begegnung. Ich sah oft Leute im Supermarkt, über deren Ernährungs-vorlieben ich innerlich nur den Kopf schütteln konnte. Menschen, die sich offensichtlich hauptsächlich von Tiefkühlpizza, Chips und Bier ernährten, zum Beispiel. Als Healthy-Lifestyle-Blogger war mir das zuwider. Aber ich hoffte, mit meinen Beiträgen einigen Leuten Gedankenanstöße zu liefern. Seit damals der Trend zur veganen Ernährung langsam im Mainstream ankam – das muss so circa 2010 oder etwas später gewesen sein – war ich vom Fleischessen ebenfalls auf vegane Ernährung umgestiegen.

Ursprünglich war es eine Wette mit einem Freund gewesen, dass ich es schaffen würde, mich einen Monat lang vegan zu ernähren. Das gelang mir, zu meinem eigenen Erstaunen, auch wenn es eine ziemliche Umstellung war. Und ich hatte auch wenig Probleme, es meiner Umwelt zu erklären – eine Wette war halt ein guter Grund.

Aus einem Monat wurden zwei, dann drei, und schließlich stellte ich fest, dass ich mich damit ziemlich wohl fühlte und das Fleisch nicht vermisste. Ich war eh nie so der Typ Mann gewesen, der Männlichkeit mit

Steak-Essen und Grillmeisterspielen gleichsetzte. Ich hatte auch schon vorher nicht viel Fleisch gegessen; ich war bereits damals ein Flexitarier und aß nur gelegentlich noch Geflügel.

Mein Hausarzt gab mir ebenfalls ein Go für die vegane Ernährung, er meinte nur, ich sollte meine Blutwerte regelmäßig kontrollieren lassen. Überzeugt hat mich letztendlich das Beispiel von Patrik Baboumian, ein veganer Kraftsportler, der seit den Strongman-Meisterschaften von 2011 eine Zeitlang den Titel „stärkster Mann Deutschlands" hatte. Ich hatte zwar überhaupt keine Ambitionen, bei diesen oder anderen Meisterschaften teilzunehmen, aber Leute wie Baboumian räumen mit dem alten Mythos auf, dass man unbedingt tierisches Protein braucht, um Muskeln aufzubauen oder Kraftsport machen zu können.

Ich legte die Orangen in den Früchtekorb, danach wusch und putzte ich das rohe Gemüse. Die Scheiben drapierte ich auf einem meiner grünen Teller für ein Food-Bild. Das konnte ich bei Instagram posten. Jeden Tag machte ich solche Bilder, vor allem, wenn ich neue Rezepte ausprobierte. Manchmal schnitt ich auch Videos zusammen, aber das war aufwändiger und dauerte auch länger, deshalb war es besonderen Aktionen vorbehalten.

Ich kannte einen Foodfotografen, der mich mit Tipps und Tricks versorgte, wie man Essen am besten in Szene setzte. Denn Schnappschuss-Aufnahmen von Mahlzeiten ohne die richtige Ausleuchtung sahen leider manchmal eher unappetitlich aus.

Ich setzte mir Wasser für einen grünen Tee auf und pflanzte mich kurz darauf mit meiner Tasse an mein Notebook, um einen Blogbeitrag über Superfoods zu verfassen und das Foodbild bei Instagram mit einigen passenden Hashtags zu posten.

Wieder musste ich an die Blondine aus dem Supermarkt denken, die ebenfalls Bloggerin war. Aber wenn sie tatsächlich hauptsächlich mit solchen Zutaten backte, wie ich sie in ihrem Einkaufswagen gesehen hatte, war ihr Blog für mich sicherlich völlig uninteressant. Außerdem hatte ich sie ja auch nicht danach gefragt. Vermutlich würde ich sie nie wiedersehen und schon bald vergessen haben.

Sarah

Kapitel 2

Hier war ich nun: Vor kurzem dreißig geworden und mal wieder Single. Übergewichtig. Beides schon eine ganze Weile, und gar nicht mal besonders unglücklich darüber. Nicht mehr.

Trotzdem, ich musste an den Typ denken, der mich im Supermarkt angesprochen hatte. Der gefiel mir, mit seinen haselnussfarbenen Augen und diesem braunen Dreitagebart, der vielleicht später mal so ein Hipster-Vollbart werden wollte. Oder auch nicht, wer mochte das schon wissen? Aber musste er ausgerechnet ein Fitnesstrainer sein?

Zugegeben, es stimmte nicht, was ich ihm erzählt hatte. Im Moment machte ich „nichts anders", außer mich gelegentlich auf meinen Heimtrainer zu setzen. Ich hatte einfach keine Lust mehr, zwischen all den schlanken Frauen im Fitness-Club herumzuhopsen. Es gab dort zwar auch einen Kurs speziell für Übergewichtige, aber damit hätte ich mich ebenso unwohl gefühlt.

Vor einiger Zeit hatte ich mit meiner besten Freundin Jeanine den Film „Embrace" gesehen, eine Doku über Body Positivity, über Plus-Size-Modelle und warum sich so viele Männer und Frauen ihr Leben lang quälen, um einen Schönheitsideal zu entsprechen, das die meisten niemals erreichen.

Der Film war für mich ein Augenöffner. Kurz danach kündigte ich im Fitness-Club. Viel zu viel Plackerei und zu wenig, was dabei herumkam. Trainieren wollte ich trotzdem weiterhin. Nicht mehr so sehr, um abzunehmen, sondern weil mir die Bewegung gut tat. Also verlegte ich mich darauf, mir einen Crosstrainer zu kaufen und zu Hause zu trainieren. Wenn nur mein innerer Schweinehund nicht gewesen wäre. Immerhin sah ich Netflix und Fernsehen nur noch, während ich gleichzeitig auf dem Crosstrainer strampelte. Das war mir inzwischen so zu Gewohnheit geworden, dass ich das Gefühl hatte, es würde etwas fehlen, wenn ich mich einfach so berieseln ließ, ohne mich nebenbei zu bewegen.

Es war Samstag. Zeit für mich, die ich einfach vertrödeln konnte. Ohne Verabredungen, Dates oder andere Verpflichtungen. Und mal ganz ehrlich, heutzutage war es echter Luxus, einfach mal nicht erreichbar zu sein, deshalb schaltete ich auch mein Smartphone aus.

In meiner bonbonfarben eingerichteten Küche hatte ich die Einkäufe weggeräumt und machte mir einen Cappuccino. Nicht so ein Instant-Ding, die mochte ich nicht besonders, sondern einen mit richtigem Kaffee und aufgeschäumter Milch. Außerdem öffnete ich eine der Schokitafeln.

Dabei fiel mir etwas ein, was ich in einem Video der Vloggerin Mirellativegal gelesen hatte. Auf die Frage, warum sie zugenommen hätte, nannte sie zwanzig Gründe, von denen nicht alle ernst gemeint waren. Am besten gefiel mir der Satz „Meine Liebe zu Schokolade ist größer als die zu einem Sixpack.“ Das kann ich nur allzu gut verstehen, dachte ich, während die klebrig-süße Kakaomasse in meinem Mund schmolz und ich die Süße mit dem leicht bitteren Cappuccino kombinierte.

Ich war eine Genießerin, aber das durfte man heutzutage nicht mehr laut sagen, weil alle so unglaublich gesundheitsbewusst geworden sind. Gesunde Ernährung ist die neue Religion. Ich hatte nichts dagegen, solange sie mir schmeckte. Als ich im Fitness-Club gekündigt hatte, sah mich Jeanine an, als ob ich den Verstand verloren hätte. Erst nach dem Film über Body Positivity und meiner Ansage, dass ich nicht länger für einen „Beach body” trainieren wollte, den ich eh nie erreichen würde, gab sie es auf, mir Vorhaltungen zu machen.

Ich hatte lange gehadert mit meinem Gewicht. Meinem Liebesleben hatte das nicht gerade gut getan. Gelegentliche Dates in letzter Zeit, hin und wieder auch One-Night-Stands, aber mehr wurde nie daraus.

Meine letzte Beziehung war fast drei Jahre her. Bernd hatte ebenfalls Gewichtsprobleme. Er hatte die Ausstrahlung eines gemütlichen Teddybärs. Wir hatten es zusammen eine Weile mit Diäten versucht, aber die bewirkten eher den gefürchteten Jojo-Effekt. Dann verliebte sich Bernd ausgerechnet in eine Arbeitskollegin. Das war zuviel für mich und wir trennten uns. Immerhin gingen wir als Freunde auseinander, was ja nicht jedes Paar von sich behaupten kann. Inzwischen hatte er einige Pfunde verloren –

davon konnte ich mich überzeugen, als wir uns zufällig neulich in Ottensen über den Weg liefen. Er machte einen recht glücklichen Eindruck auf mich und ich freute mich für ihn.

Ich hatte eine Dreißigstundenwoche in der Verwaltung, wo ich regelmäßig Akten schubste, ansonsten widmete ich mich gern meinem Blog und dem Vlog übers Backen. Beides ergab mittlerweile durch die Werbeeinblendungen in den Videos und kleine Kooperationen, z.B. mit Cafés und Schokoladenmanufakturen, einen nicht unerheblichen Nebenverdienst. Das machte mir viel Freude, aber natürlich blieb dann auch wenig Zeit für anderes. Für einen Mann war einfach gerade kein Platz in meinem Leben. Und ehrlich gesagt, genoss ich meine Freiheit viel zu sehr, um mich ernsthaft nach einem umzusehen.

Ich blättere in meiner Rezeptesammlung, bis ich jenes fand, welches ich später per Video aufnehmen wollte: meine heißgeliebten Schokoflash-Brownies.[1] Die nannte ich so, weil sehr viel Schokolade ins Rezept gehörte, außerdem waren sie schön saftig.

In meinen Videos war ich selbst nie zu sehen, stattdessen hatte ich die Kamera über meiner Arbeitsfläche montiert, so dass sie die Zutaten und die Teigschüssel von oben einfangen konnte. Das war wichtiger als mein Aussehen, ich betrieb schließlich keinen Beautyblog. Von mir waren immer nur die Hände zu sehen und ich machte mir einen Spaß daraus, mir für jedes Video die Fingernägel anders zu lackieren. Das hatte allerdings dazu geführt, dass meine

1 Das Rezept findest du am Ende des Buches.

Nagellack-Sammlung beständig gewachsen war. Ich hatte sie in einem Wandschrank in meinem Bad untergebracht.

Die Aufnahmen der Videos gingen mir leicht von der Hand. Wenn ich mich zu sehr verhaspelte, setzte ich neu an und schnitt die entsprechende Stelle später heraus. Da ich immer nur dieselbe Einstellung für die Kamera verwendete und diese höchstens in der Nähe oder Distanz variierte, war auch das nicht weiter schwierig. Eher kam es vor, dass mir beim Backen Patzer unterliefen.

So war es auch diesmal, denn als ich die Milch zum Teig geben wollte, war meine Bewegung zu schwungvoll, so dass ein Teil der Milch über den Rand der Schüssel spritzte. Ich überspielte das mit einem lockeren „Hoppla – ihr seht, auch wir Blogger sind nicht vor kleinen Pannen gefeit. Aber das ist kein Problem, es ist noch genug Milch da."

In solchen Situationen fragte ich mich oft, warum ich mir eigentlich den Stress machte, unter solchen Bedingungen meiner Leidenschaft zu frönen. Aber dann dachte ich an den Stolz, den ich jedesmal empfand, wenn ich ein neues Video zusammengeschnitten hatte und das Endergebnis bewundern konnte. Oder wenn ich lobende Kommentare erhielt oder welche, in denen Follower von mir Fotos von ihrem Gebäck teilten, das sie nach einem meiner Tutorials gebacken hatten. Ganz zu schweigen von dem kleinen Nebenverdienst, aber wahrscheinlich hätte ich das Ganze auch einfach weiter als Hobby gemacht, so wie in meiner Anfangszeit.

***

Svenja und Timo hatten mich am Sonntag eingeladen. Sie feierten ihren dritten Hochzeitstag, ganz lässig, mit einer Grillparty. Das würde eines von diesen Festen werden, wo Kind und Kegel mit dabei waren – lauter junge Paare und Eltern, die ihre Kinder mitbrachten. Und ich als Single mittendrin. Aber das kannte ich ja schon, und ich freute mich darauf, die beiden und ihre Tochter wiederzusehen. Die kleine Leonie war ein quirliger Wirbelwind.

Der Garten war nicht allzu groß und es gab nicht genug Stühle für alle. Die meisten Gäste standen einfach, mit Bierflaschen oder Weingläsern in der Hand, während Timo den Grillmeisterposten hatte und mit einem Freund über die Nackensteaks und deren selbstgemachte Marinade fachsimpelte. Zwischen den Gästen wuselten Kinder herum, ein kleiner Mischlingshund, den ich noch nie zuvor gesehen hatte, sprang mir kläffend entgegen.

„Alles Liebe und herzlichen Glückwunsch", begrüßte ich Svenja, der ich auch gleich mein Geschenk in die Hand drückte, eine selbst gebackene Torte. Nicht sehr originell für jemanden, der ständig Backtutorials machte, aber Svenja mochte das gern und hatte sich extra eine Torte von mir gewünscht.

„Oooh, die sieht toll aus, fast zu schade zum Essen. Ich muss gleich ein Foto machen!"

Auch ihre Tochter Leonie beäugte die Torte neugierig und wollte schon mit ihren Finger darauf patschen.

Svenja verfiel in diesen etwas albern klingenden Tonfall, den manche Eltern bei sehr jungen Kindern verwenden. Mit honigsüßer Stimme hielt sie Leonie davon ab, auf die Torte zu fassen, befreite sie aus der Box und stellte sie auf einen Gartentisch. Anschließend schoss sie ein Foto mit ihrem Smartphone. Leonie wollte nach dem Gerät greifen, aber Svenja sagte: „Nein, meine Liebe, darüber haben wir doch schon gesprochen. Kein Handy für Leonie."

„Tel`niiieren!", rief Leonie weinerlich.

„Du kannst mit deinem Kindertelefon telefonieren, Schatz", erklärte Svenja mit Engelsgeduld.

Ich schnappte mir ein Glas zu trinken, bevor ich mich umdrehte und erstarrte. Nur wenige Meter von mir entfernt, betrat ein neuer Gast den Garten. Der Dreitagebart, die braunen Haare, die freundlichen Augen – was hatte der Typ vom Supermarkt hier verloren?

Er begrüßte Svenja herzlich mit einer Umarmung und beugte sich hinunter zu Leonie, die ihn anstrahlte und kicherte, als er eine Grimasse für sie schnitt.

Da ist mir wohl einiges entgangen. Ich konnte mich nicht erinnern, wann ich Timo und Svenja zuletzt gesehen hatte. Es war bestimmt schon einige Wochen her.

„Sarah, das hier ist Thomas. Ich war bei ihm im Fitness-Kurs für Schwangere und Timo kannte er schon vorher."

„Hallo." Mehr brachte ich nicht heraus und zwang mich zu einem höflichen Lächeln.

„Die Welt ist klein – wir sind uns doch neulich im Supermarkt begegnet", sagte er mit einem Lächeln, das blendendweiße Zähne entblößte. Vermutlich hatte er sie professionell beim Zahnarzt bleichen lassen?

„Ja, das stimmt", gab ich zu.

Er ging hinüber zum Grill und begrüßte Timo, drückte ihm eine Schale mit Gemüsespießen in die Hand. Dann schenkte er sich eine Bio-Orangenlimonade ein, eine aus dieser regionalen kleinen Limonadenfirma, die ich auch hin und wieder gern trank. „Möchtest du auch ein Glas?", fragte er mich.

„Ja, gern."

Ich genoss den säuerlich-fruchtigen, leicht bitteren Geschmack. In dieser Limonade war wenig Zucker und das merkte man. Ich hatte zwar eine Schwäche für süße Kuchen und Kekse, aber bei Getränken mochte ich es nicht so süß.

Mein Blick fiel auf Thomas' Hände. Keine Ringe. Ich hatte mir angewöhnt, danach zu sehen, seit mir ein Kerl am Morgen nach einer ziemlich heißen Nacht gestanden hatte, dass er verheiratet sei. Den Ring hatte er allerdings am Abend zuvor nicht getragen. Ich habe ihn danach nie wiedergesehen. Ich bin nicht der Typ, der Ehen zerstört. Aber dieser Blick auf die Hände, wegen eines Eherings, war mittlerweile für mich zum Reflex geworden. Ebenso reflexhaft fragte ich mich, ob Thomas wohl eine Freundin hatte. Aber hätte er sie dann nicht mitgebracht? Vielleicht hatte sie heute aber keine Zeit? Ich merkte, wie sich meine Gedanken verselbständigten. Das alles waren doch nur

Spekulationen. Aber einfach fragen wollte ich ihn auch nicht. Männer wie er waren einfach nicht meine Liga, also warum sich überhaupt Hoffnungen machen?

Aber dieses Lächeln… *Mensch, Sarah, hör auf damit. Du bist doch keine Fünfzehn mehr.*

„Ich wusste nicht, dass wir etwas zum Grillen mitbringen sollten", sagte ich und deutete auf die von ihm mitgebrachten Gemüsespieße.

„Sollten wir auch nicht. Aber ich bin Veganer, deshalb hab ich das für mich mitgebracht."

„Ach so…" Ein Veganer also. Das war ja auch so ein Trend mittlerweile.

„Machst du das wegen der Tiere, oder wegen der Gesundheit?", fragte ich frei heraus.

„Wegen beidem, würde ich sagen. Deshalb auch der Healthy Lifestyle Blog."

Na, Prost Mahlzeit. Hätte ich mir ja denken können. Seine Visitenkarte lag noch irgendwo bei mir herum, aber ich hatte mir bisher weder seinen Blog noch den Vlog angesehen.

„Aha", machte ich. „Also ich persönlich lege Wert darauf, dass mir das schmeckt, was ich esse. Und ich möchte auch mal was Ungesundes essen dürfen, das lecker ist, ohne dafür schief angesehen zu werden."

„Es gibt jede Menge leckere Superfood- und Clean Food-Gerichte."

Ich sah ihn zweifelnd an. „Ach ja? Die liegen dann wohl gerade nicht im Trend. Nehmen wir doch nur mal die ganzen Smoothies, die es inzwischen nicht nur in den Bioläden, sondern auch in den Supermärkten gibt.

Die fruchtigen sind ja lecker, aber die grünen? Ich hab mal einen davon probiert – Spinat, Weizengras, Grünkohl und Brokkoli. Das war widerlich. Hab ich nicht runtergekriegt. Dabei mag ich Spinat, Grünkohl und Brokkoli. Aber nicht flüssig und kalt.“

Ich merkte, dass ich mich gerade in Rage redete, konnte mich aber nicht bremsen. „Und überhaupt, diese ganzen Superfoods. Alle paar Jahre wird da was Neues gehypt. Früher war es Spirulina, dann vor kurzem die Acai-Beeren, jetzt Matcha und Chia. Ich wette, bald kommt wieder etwas angeblich Neues auf den Markt – aus Südafrika, Neuseeland oder was weiß ich von wo, und dann werden sich plötzlich alle fragen, wie sie jemals ohne dieses Nahrungsmittel ausgekommen sind. Dabei gibt's genug einheimische Super Foods, z.B. Leinsamen, Sanddornbeeren und noch andere.“

Thomas schwieg. Hatte ich ihn ein wenig zum Nachdenken gebracht mit meiner Tirade?

Er nickte bedächtig. „Da ist was dran. Aber so ist das nun mal mit der Lebensmittelindustrie. Die wollen sich halt immer wieder weitere Märkte erschließen und werfen entsprechend neue Produkte auf den Markt. Und wenn ich bei den Bloggern vorn mitmischen möchte, muss ich auf diese Trends auch irgendwie eingehen – ob es mir gefällt oder nicht.”

Ich zuckte mit den Schultern. „Ich hab wohl eine andere Zielgruppe als du, bei mir geht's mehr ums Genießen.”

„Man kann das Genießen auch gut mit Gesundem verbinden, und auch mit veganer Ernährung. Und wenn einem halt grüne Smoothies nicht schmecken, da gibt es ja noch genug andere Alternativen. Und davon mal abgesehen, gibt es ja auch noch einige Gründe mehr für Veganismus, z.B. den Umweltschutz und die schlimmen Bedingungen der Massentierhaltung. Wenn das bloß mehr Leute einsehen würden. Aber die meisten halten an ihren Gewohnheiten fest. Wie oft habe ich schon gehört, ‚Ich kann nicht auf Fleisch verzichten, es schmeckt einfach zu gut.' Ich denke dann oft, diesen Leuten ist nicht klar, dass es noch zig andere Dinge gibt, die ebenfalls sehr lecker schmecken."

Ich unterdrückte ein Seufzen. Er war offenbar einer von diesen Veganern, die andere zu ihrer Ernährungsform bekehren wollten. Bisher hatte ich noch niemanden persönlich getroffen, der so tickte, aber ich hatte auf Facebook schon mehr als einmal entsprechende Memes oder auch Diskussionen zu dem Thema gefunden.

„Du, ich kann alle deine Argumente nachvollziehen. Massentierhaltung, Umweltschutz, all das. Aber man wird Menschen nicht überzeugen können, vegan zu essen oder zu leben, wenn man ihnen vermittelt, dass sie anderenfalls ganz, ganz schlechte Menschen seien. Ich hab jedenfalls das Gefühl, dass einige Veganer so an die Sache rangehen. Aber das bringt nie viel, würde ich sagen. Weil niemand gern ein schlechtes Gewissen gemacht bekommt."

„Hmm ..." Er lächelte verschmitzt. „Eins zu null für dich. Und wie erklärst du es dir, dass manche Leute auf der einen Seite ihre Haustiere heiß und innig lieben, oft wie ein Familienmitglied und ansonsten kein Problem damit haben, andere Tiere zu essen? Aber nur ganz bestimmte Tiere. Wie geht das zusammen?“

Ich überlegte einen Moment lang, ehe ich antwortete. „Na ja, ich gebe zu, das ist in der Tat ein wenig merkwürdig. Aber überleg doch mal, wer ist dir wichtiger: Deine Familie, deine Freunde, deine Liebsten, oder die Menschen, die … sagen wir… in Grönland leben?“

„Hä, was ist denn das für ein Vergleich?“

„Also, ich meine, wenn einige Leute manche Tiere als Familienmitglieder betrachten, ist der Vergleich mit anderen Menschen gar nicht so weit hergeholt, finde ich. Bei Menschen gilt halt meistens, Blut ist dicker als Wasser.”

„Ach so. Eine ähnliche Sichtweise übertragen die meisten wohl unbewusst auch auf Tiere”, sagte er nachdenklich. „Selbst wenn manche, ach was, wenn viele davon in Schlachthäusern landen.”

Timo rief: „Die Würstchen sind fertig!”

Eine Schar hungriger Gäste versammelte sich, mit Tellern bewaffnet, um den Grill. Ich wartete lieber auf anderes Grillfleisch, und nahm mir stattdessen vom Kartoffelsalat.

Ein paar der Gäste hatten weitere Klappstühle aus der Garage geholt, so dass wir nun doch alle eine Sitzgelegenheit hatten. Thomas betrachtete mich, während ich mir den Kartoffelsalat mit Mayo schmecken ließ.

„Du hast nicht zufällig schon mal etwas Veganes gebacken, oder?”, fragte er.

„Nein." Ich hatte keine Ahnung, wie ich ohne Eier vernünftig backen sollte. Sie sorgten einfach für eine prima Konsistenz, das war bestimmt schwer ersetzbar. Oder gab es da einen Trick, den ich nicht kannte? *Vielleicht wäre das für meinen Blog interessant…*

„Dabei gibt es das immer öfter auch in Cafés, zumindest ein, zwei Sachen, die vegan sind…", fuhr er fort.

Ich zuckte mit den Schultern. „Ich kenne mich damit nicht aus. Ich habe auch keine passenden Rezepte."

„Ich könnte dir ein veganes Backbuch leihen, wenn es dich interessiert."

Ich war mir nicht sicher, ob er einfach nett sein oder ob er mich bekehren wollte. Aber ich wollte nicht unhöflich sein. „Gern, warum nicht. Dann kann ich mal was ausprobieren", antwortete ich deshalb.

Ich vermutete, dass er diese Idee am Ende des Abends ohnehin vergessen haben würde.

„Ich wohne in Altona. Wenn es kein Umweg für dich ist, komm doch nachher kurz mit, dann kann ich es dir geben", erwiderte er.

Ich verschluckte mich beinahe an einem Gurkenstückchen. Er lud mich ernsthaft in seine Wohnung ein? Wir kannten uns doch gar nicht. *Beruhig dich Sarah, es ist kein Date. Er will dir nur etwas ausleihen.* „Klar, das passt mir", sagte ich so lässig wie möglich.

Es war ziemlich seltsam für mich, später gemeinsam mit Thomas aufzubrechen. Weil wir kein Paar waren. Weil wir Fremde waren, die sich zufällig auf einer Party getroffen hatten. Aber immerhin kannten Timo und

Svenja ihn gut genug, um ihn zu ihrer Feier einzuladen, und das war ein beruhigender Gedanke für mich.

Inzwischen war es längst Abend geworden und es dämmerte schon. Wir durchquerten eine ganze Reihe an Straßen, in denen es Cafés, kleine Boutiquen, Restaurants und noch andere Läden gab, aber auch mehrstöckige Wohnhäuser. Aus einem Hinterhof drang rhythmische, lateinamerikanische Musik, die zum Tanzen einlud. Vor einer Kneipe saßen mehrere Leute, deren Gesichter von Lichtern in Teegläsern beleuchtet wurden. Ein Mann auf einem Fahrrad fuhr pfeifend an uns vorbei. Auf der Treppe vor einem der Häuser saßen zwei junge Männer, die rauchten und sich lachend unterhielten.

„War eine schöne Party", sagte Thomas, während wir an ihnen vorbeigingen.

„Ja, das fand ich auch. Grillpartys im eigenen Garten, das ist schon was Feines."

„Hättest du denn auch gern einen eigenen Garten?", wollte er wissen.

„Nee, eher nicht. Ich wäre zu faul für die Gartenarbeit, das gebe ich gern zu. Mir reichen schon meine Zimmerpflanzen. Ich hab halt andere Hobbies."

„Wie das Backen?"

Ich fühlte mich ertappte. „Ja, genau."

„Verstehe. Woher kennst du eigentlich Svenja und Timo?"

„Svenja und ich waren früher Nachbarn, bevor sie mit Timo zusammengekommen ist. Wir haben gelegentlich was zusammen unternommen. Aber seit sie Leonie haben, sehen wir uns nicht mehr so oft. Und du kennst sie aus dem Fitness-Club?"

„Ja. Aber nicht nur, Timo ist der Bruder von einem Freund von mir. Der ist allerdings gerade im Urlaub, deshalb war er nicht auf der Party." Er sah an einem Altbau hoch. „So, da wären wir."

Thomas wohnte im zweiten Stock. Seine Wohnung versprühte einen gewissen Shabby Chic Charme, denn die meisten Möbel waren gebraucht oder vielleicht schon Vintage, und alles war in hellen Farbtönen gehalten. Ich konnte keinerlei Anzeichen für ein weibliches Wesen entdecken, welches hier lebte oder regelmäßig zu Besuch kam.

Aber das musste nichts heißen. Heutzutage war ja alles möglich. Es gab ja längst nicht nur die klassische Beziehung, sondern auch offene. Oder Freunde, die gelegentlich Sex hatten, aber sich nicht binden wollten, Mingles, Polyamorie und noch vieles mehr, von dem ich vermutlich nicht mal wusste, wie es hieß, geschweige denn, wie man es nannte. Und im Zweifelsfall hieß es halt: „Beziehungsstatus? Es ist kompliziert."

In einem Regal in seiner blitzblanken Küche befanden sich reihenweise Kochbücher. Ich musste schmunzeln, denn in meiner Küche gab es auch so ein Regal. Seit meinem zwanzigsten Lebensjahr sammelte ich Rezeptbücher aller Art. Ich hatte sogar ein vegetarisches, aber bei veganer Ernährung musste ich passen.

Thomas überflog die Buchrücken und reichte mir schließlich eines mit einem bunten Einband. „Hier, das ist gut für Anfänger – ich meine, wenn es um veganes Backen geht."

„Danke."

„Möchtest du noch etwas trinken?", fragte er.

Was war das jetzt für ein Angebot? War das vergleichbar mit „Möchtest du noch reinkommen auf einen Kaffee?" Oder nicht? Mir war etwas unbehaglich zumute, deshalb schwankte ich zwischen einem „Ja" und einem „Nein".

Ich warf einen raschen Blick auf die Küchenuhr, die an der Wand hing. Bereits halb eins. „Oh… das ist nett, aber es war ein langer Tag heute." Kaum hatten diese Worte meinen Mund verlassen, hätte ich mich ohrfeigen können. Da machte mir ein netter Mann das Angebot, mit ihm noch etwas zu trinken, und ich schlug es aus.

Thomas zuckte mit den Schultern. „Na gut. War nur so eine Idee. Dann wünsche ich dir eine gute Nacht."

Einen Moment lang spielte ich mit dem Gedanken, ihn zu bitten, mich nach Hause zu begleiten. Aber das war lächerlich. Der Altonaer Busbahnhof war ganz in der Nähe und mit dem Nachtbus konnte ich praktisch direkt vor meine Haustür fahren.

„Dir auch, danke. Oh, eine Frage noch: Wann brauchst du das Buch zurück?"

Er winkte ab. „Das eilt nicht. Du kannst mir eine E-Mail schreiben, wenn du es mir zurückgeben möchtest. Oder eine SMS."

„Das mit der SMS wäre einfacher."

„Kein Problem, ich schreibe dir meine Handynummer auf."

Ich zückte mein Smartphone. „Ich kann sie auch direkt eintragen. Dann verlier ich den Zettel nicht."

„Wie du magst." Er lächelte. Ich tippte seine Nummer ein und wenig später brachte er mich zur Tür. „Dann bis irgendwann mal. Ich bin gespannt, wie dir die Rezepte gefallen."

Eigentlich hatte ich nicht vorgehabt, die veganen Rezepte auszuprobieren. Aber jetzt blieb mir wohl nichts anderes übrig.

Sarah

Kapitel 3

Puh, nach dem Grillfest bei Timo und Svenja ging bei mir alles drunter und drüber. Als erstes kam ich eines Abends in die Wohnung und holte mir nasse Füße – ein Wasserschaden in der Wohnung über mir. Und das ausgerechnet über meiner Küche. Meine Backvideos oder überhaupt das Kochen und Backen konnte ich erst mal vergessen.

Die Hausverwaltung montierte bei mir in der Küche ein brummendes Trocknungsgerät, einen ziemlich großen Kasten mit einem langen Rohr, das die Feuchtigkeit abtransportieren sollte und deshalb aus dem offenen Küchenfenster ragte. Es würde mehrere Tage dauern, bis sie das Gerät wieder entfernen konnten.

Zu allem Übel fing ich mir dann auch noch eine fiese Erkältung ein. Und das mitten im Sommer! Das konnte ich überhaupt nicht brauchen. Mein Hausarzt schrieb mich für drei Tage krank, mit Option auf Verlängerung. Ich bewaffnete mich mit Taschentüchern und quälte mich zum nächsten Supermarkt. Dort kaufte ich mir Zitronen und Hühnersuppe – diese Tassenportionen, die man auch mit einem Wasserkocher zubereiten konnte und dazu

Hustentee. Außerdem stattete ich der Apotheke in der Nähe einen Besuch ab, um Erkältungssalbe und Medizin zu besorgen.

Ausgerechnet in dieser Woche endete das regnerische Wetter und die Sonne schien schadenfroh durchs Fenster. Mit einem Mal war ich furchtbar neidisch auf all die Leute, die nach der Arbeit oder anderen Aktivitäten den Tag am Elbstrand oder in einem Park ausklingen lassen konnten. Bedauernd sah ich aus dem Fenster und musste die Augen zusammenkneifen, weil das Sonnenlicht so hell war und vom gegenüberliegenden Haus reflektiert wurde.

Ich zog mich mit einem Buch ins Bett zurück, konnte mich aber nur schwer aufs Lesen konzentrieren, weil mich mittlerweile auch Kopfschmerzen plagten. Irgendwann döste ich ein. Als ich wieder aufwachte, war es bereits abends, aber nun war ich erst einmal wach. In der Küche ratterte das Trocknungsgerät weiter vor sich hin, ein nervtötendes Geräusch, das entfernt an einen Staubsauger erinnerte.

Mein Blick fiel auf Thomas' veganes Backbuch, welches ich ins Regal zu meinen eigenen Büchern gestellt hatte. Ich hatte es völlig vergessen, und hatte auch keines der Rezepte ausprobiert. Und jetzt stand mir erst recht nicht der Sinn danach, außerdem konnte ich gerade eh nicht gut backen wegen des Trocknungsgeräts, dessen Rattern mir den letzten Nerv raubte. Deshalb ging ich nur in die Küche, wenn es sich nicht vermeiden ließ.

So wie in diesem Moment: Das brennende Gefühl des Halswehs in meiner Kehle hatte zugenommen, also setzte ich Wasser für eine heiße Zitrone auf.

Als das Getränk fertig war, setzte ich mich an meinen Rechner, denn ich wollte nach Thomas und seinem Blog googeln. *Thomas' Healthy Life*, wie er seinen Blog nannte, war genau so, wie ich es erwartet hatte: Frische Grün- und Blautöne dominierten im Design der Webseite, dazu kurze knackige Texte zu verschiedenen Ernährungs-, Sport- und Gesundheitsthemen. Er schrieb gut und brachte hin und wieder auch etwas Humor mit unter.

Hier und da gab es gesponserte Beiträge zu Fitnessprodukten, auch war sein Vlog verlinkt, wo er sich vor einer Wald-Fototapete präsentierte und über verschiedene Dinge kurze Vorträge hielt, meistens ergänzt um eingeblendete Bilder und Grafiken. In einem der Videos interviewte er einen Vegan-Aktivisten und auch dort kam das Gespräch auf die gesundheitlichen Aspekte dieser Ernährungsweise. Ich schloss das Video und trank schluckweise meinen Tee, während ich weiter in den Artikeln stöberte. Bis sich die Kopfschmerzen zurückmeldeten. Blieb also nur das, was der Arzt mir geraten hatte: Bettruhe.

Das Telefon klingelte; es war Jeanine. Ich klagte ihr mein Leid und hustete mir während unseres Gesprächs die Seele aus dem Leib.

„Ach, du Arme! Und das ausgerechnet jetzt, bei dem schönen Wetter. Kann ich dir irgendetwas Gutes tun?"

„Nein, danke. Ich hab alles hier, Hustentee und so. Lass uns ein anderes Mal wieder telefonieren, ja?",„Melde dich gern, wenn du etwas brauchst. Gute Besserung!"

Später versuchte ich mein Glück noch einmal mit dem Liebesroman, während ich schluckweise eine mit Honig gesüßte heiße Zitrone trank. Doch die Worte, die ich las, ergaben keinen Sinn. Verdammte Kopfschmerzen! Stattdessen wälzte ich mich im Bett von einer Seite auf die andere, wobei mich immer wieder der Husten schüttelte. Herrjeh, das würde eine anstrengende Nacht werden.

Am folgenden Tag fühlte ich mich wie zerschlagen, aber das war zu erwarten gewesen. Ich trank literweise Tee und versuchte mich ein weiteres Mal auf das Buch zu konzentrieren, doch das fiel mir schwer. Ich stöberte noch einmal in Thomas' Blog und fand hier und da ein interessantes Rezept, also speicherte ich einige Lesezeichen in meinem Browser. Die Beiträge über Sport überblätterte ich, bis ich an einem über Zumba hängenblieb, was hier als Trendsportart beschrieben wurde – eine Mischung aus Aerobic und verschiedenen internationalen Tänzen. Gehört hatte ich davon schon, mich aber noch nicht näher damit beschäftigt. Es hörte sich interessant an, vor allem, weil ich gern tanzte. Ich schaute noch weiter im Internet und fand auch verschiedene DVDs mit Zumba-Workouts. Vielleicht sollte ich mir mal eine davon kaufen, um mir das in Ruhe näher anzusehen? Ich wollte nicht gleich einen ganzen Kurs irgendwo belegen.

Ob Thomas sich damit auskannte? Ach, was für ein dummer Gedanke, bestimmt tat er das, sonst hätte er doch keinen so ausführlichen Beitrag darüber geschrieben. Vielleicht ergab sich ja mal die Gelegenheit, mit ihm darüber zu sprechen. Im nächsten Moment bemitleidete ich mich, dass mir ausgerechnet jetzt dieses Zumba über den Weg lief, wo ich schon Schwierigkeiten hatte, mich vom Bett in die Küche zum Wasserkocher zu schleppen, um mir einen weiteren Tee zu machen.

Wenn es um Erkältungen ging, war ich ähnlich wehleidig wie manche Kerle, wenn sie an der gefürchteten „Männergrippe" erkrankten. Bei solchen Gelegenheiten wurde ich oft schwach und wünschte mir, nicht allein zu wohnen. Weil ich dann jemanden zur Apotheke oder zum Supermarkt hätte losschicken können, um für mich Besorgungen zu machen. Weil ich jemanden gehabt hätte, der für mich Tee kochte und mir gut zuredete. Ich überlegte, Jeanine anzurufen, aber dann fiel mir ein, dass es mitten am Tag war. Sie war natürlich auf der Arbeit. Und in ihrer Mittagspause wollte ich sie auch nicht stören. Außerdem hatten wir ja erst gestern miteinander telefoniert. Ich gab „Zumba" bei Youtube ein und fand einige Videos dazu. Die Musik in dem ersten ging mir mit ihrem stampfenden schnellen Rhythmus bald auf die Nerven, also schaltete ich es leiser. Was hier präsentiert wurde, erinnerte mich größtenteils an die Workouts, wie ich sie aus meiner Zeit als Fitness-Club-Mitglied kannte – darunter schnelle Schrittkombinationen, die mit weiten Armbewegungen kombiniert wurden. Diese wurden allerdings mit weiteren, noch tänzerischen Elementen ergänzt. Insgesamt sah es nicht schwer aus, war aber sicherlich schweißtreibend.

Ich beschloss mir diese Sportart zu merken und demnächst genauer anzusehen. Vielleicht war so ein Workout-Video schon mal ein guter Anfang. Ich schaute mir noch weitere Clips zum Thema Zumba an, in der Hoffnung auf bessere Musik. Nach einigem Suchen fand ich eines, das mir recht gut gefiel, deshalb setzte ich mir ein Lesezeichen in den Browser.

Wenn es mir besserging, würde ich das ausprobieren. Das wiederum war ein Vorteil, wenn man allein lebte – man konnte nach Lust und Laune durchs Wohnzimmer tanzen und Workouts ausprobieren, ohne sich lächerlich zu machen. Hoffentlich würde mich diese Erkältung nicht mehr allzu lange plagen...

Kapitel 4

Eine Woche später hatte ich fast vergessen, dass ich Sarah das vegane Kochbuch geliehen hatte. Es fiel mir erst wieder ein, als in meiner Timeline bei Facebook jemand ein ziemlich pornöses Tortenbild postete. Ein bisschen wie die Schokotorte, welche Sarah zu der Party von Svenja und Timo mitgebracht hatte. Ich sendete ihr eine SMS.

Moin Sarah,

ich hätte das vegane Backbuch gern wieder, was ich dir geliehen habe. Kann ich es bei dir abholen?

Ich zögerte kurz. Wir kannten uns ja nicht näher, und vielleicht war es ihr nicht recht, dass ich zu ihr kam. Deshalb schrieb ich:

Wir können uns ansonsten auch gern auf einen Kaffee treffen, wenn du magst.

Ihre Antwort kam zwei Stunden später.

Hallo Thomas,

gut, dass du mich erinnerst. Ein Kaffee wäre nett. Wo?

Sie schrieb nichts davon, ob sie eines der Rezepte ausprobiert hatte. Aber ich wollte nicht weiter nachhaken, ich würde sie einfach persönlich fragen. Ich war allerdings neugierig, ob ich vielleicht eine weitere Person davon überzeugt hatte, dass veganes Essen verdammt lecker schmecken konnte und meistens gar nicht mal so schwer zuzubereiten war.

Kennst du das Pappsatt? Das ist ein veganes Café. Ihr Cappuccino mit Mandelmilch ist sehr lecker.

Hab davon gehört, schrieb sie zurück. *Von mir aus gern.*

Wir vereinbarten eine Zeit und verabschiedeten uns. Ein Ton zeigte mir eine neue Nachricht an, doch sie war nicht von Sarah, wie ich erst dachte, sondern von meiner Ex.

Ich muss übernächste Woche für den Job nach Hamburg, wegen der Messe. „Gesund + Aktiv", kennst du ja sicher. Kann ich bei dir übernachten? Hotels sind voll. Gruß, Patty

Oh Mann. Patty war eine Nummer für sich. Seit über einem Jahr waren wir getrennt, und noch immer stellte sie Ansprüche. Das hier toppte alles Bisherige. Aber was sollte ich ihr schreiben? Ich konnte schlecht sagen, dass ich auf Reisen sei, denn ich postete in jedem

Urlaub entsprechende Fotos bei Facebook und Instagram. Wir waren dort immer noch befreundet und sie folgte auch meinem Blog. Sie würde mich sicher fragen, wo denn meine Urlaubsfotos seien.

Inzwischen wohnte Patty in Berlin und hatte sich einen Hund zugelegt. Meine Wohnung hatte ein Gästezimmer. Gerade mal groß genug für ein Einzelbett, einen Stuhl und eine Kommode, aber es war ein eigener Raum. Vermutlich spekulierte Patty darauf, weil sie es nicht hinbekommen hatte, sich rechtzeitig ein Hotelzimmer zu reservieren. Es gäbe ja noch andere Möglichkeiten, z.B. Hostels, Couchsurfing oder Bed & Breakfast Unterkünfte, aber damit brauchte ich ihr nicht zu kommen. Sie würde sich nicht abwimmeln lassen, da war ich mir sicher. Ich überlegte kurz und schrieb ihr zurück:

Die ganze Woche?

Ja, und das Wochenende, bitte.

Kannst du nicht bei deinen Freunden übernachten?

Nee, die will ich nicht fragen. Tine zieht gerade um, und Amélie muss ihre Küche renovieren.

Dann fiel mir ihr Hund ein.

Was ist eigentlich mit Bibo?

Meine Eltern machen Dogsitting. Also, geht das bei dir? Wäre toll!

Mist, mir fiel keine vernünftige Ausrede ein. Einen Moment lang überlegte ich, ihr einfach zu schreiben, dass ich ihr das erst morgen sagen könnte. Um mehr Zeit zu haben, mir etwas auszudenken. Aber dann fiel mir ein, dass ich Patty im Gegenzug um einen Gefallen bitten konnte.

In Ordnung. Wenn ich ein Wochenendticket für die Messe bekomme.

Geht klar. Dankeschön. Ich schreib dir dann noch mal, wann ich ankomme.

Erwartete sie, dass ich sie irgendwo abholte? Da gab man jemanden den kleinen Finger, und er griff nach der ganzen Hand…

Kann sein, dass ich dann arbeite, warnte ich sie vor.

Mal sehen, kam ihre Antwort.

Ich würde da auf jeden Fall arbeiten. Und wenn es Mitternacht wäre. Ich konnte ja sagen, es hätte eine interne Feier im Fitness-Studio gegeben.

Einige Zeit später rief mich mein Vater an. Er hatte eine Frage wegen seines Laptops, er hatte ein Problem mit seinem Textverarbeitungsprogramm. Ich ließ mir von ihm schildern, wo es hakte und konnte ihm weiterhelfen.

„Danke dir. Was würde ich nur manchmal ohne dich machen? Auf der Arbeit haben wir ein anderes Textprogramm, da komme ich oft durcheinander", erzählte er.

„Und wie geht's dir sonst so?", erkundigte ich mich.

„Ach, eigentlich ganz gut. Wenn nur der Stress auf der Arbeit nicht wäre."

Mein Vater war Abteilungsleiter in einem Großhandel. Er klagte in letzter Zeit häufiger über Stress dort und erzählte auch jetzt davon. Von Kollegen, die längere Zeit krank waren und wie dann die anderen meckerten, weil sie deren Arbeit mit übernehmen mussten. Azubis, die Abläufe versehentlich durcheinander brachten. Oder Mitarbeiter, die in seinen Augen schlichtweg inkompetent waren oder in einer anderen Abteilung besser aufgehoben wären. Eine Weile lauschte ich seinen Schilderungen schweigend. Gelegentlich hatte ich ihm nahegelegt, es mal mit Entspannungsübungen zu versuchen, und kam nun noch einmal darauf zu sprechen.

„Ach, Thomas, weißt du, das liegt mir einfach nicht", entgegnete er. „Still liegen und mir vorstellen, mir wird warm? Ich werde davon nur ganz kribbelig. Du weißt doch, ich brauche immer was zu tun."

„Hast du schon mal an Joggen gedacht? Um mal den Kopf frei zu kriegen?"

„Nee ... das machen meine Gelenke nicht mehr mit. Ich geh manchmal schwimmen, mit deiner Mutter. Das geht ganz gut."

„Na, immerhin." Ich wettete im Stillen, dass er das nur alle paar Monate mal machte. Sport war noch nie sein Ding gewesen.

Aber ich hatte keine Lust, ihm weiter Vorschläge zu machen. Er war schließlich erwachsen und musste selbst wissen, was gut für ihn war. Wir unterhielten uns noch ein paar Minuten.

„Grüß Mama von mir", bat ich ihn später.

„Das mach ich. Bis bald." Er legte auf.

***

Am Donnerstag ging ich ins Pappsatt. Es hatte diese typische Mischung aus Vintage-Charme, Postkarten mit Sinnsprüchen in Schnörkelrahmen und fröhlich-bunten Wohnaccessoires, die eindeutig aus dem bekannten schwedischen Möbelhaus stammten, aber vorgaben, es nicht zu tun. Ich fand es behaglich und freundlich.

Sarah saß bereits im Café, in einem türkisfarbenem Kleid, das einen schönen Kontrast zu ihren blonden Haare bildete und ihre blauen Augen zur Geltung brachte. Sie hatte einen Tisch am Fenster gewählt, was mir nur recht war. Ich ging zu ihr hinüber.

„Ah, hallo, Thomas", begrüßte sie mich. Sie schien sich ehrlich zu freuen, mich zu sehen. Oder bildete ich mir das nur ein?

„Moin, Sarah. Freut mich, dich wiederzusehen."

Sie hustete leicht. „Entschuldige, ich habe gerade eine Erkältung hinter mir."

„Oh, nein. Und das bei dem Wetter…"

„Ja. Das hat meine beste Freundin auch gesagt."

Ich sah mich im Café um. Uns gegenüber befand sich ein „Tauschbuchregal", wie das kleine von Hand gemalte Schild darunter verriet. Mehrere Taschenbücher standen dicht an dicht gedrängt darin, zusammen mit einigen Reclamheften, wie ich sie zuletzt in der Schulzeit gesehen hatte. Nur wenig Gäste waren da – zwei junge Frauen und eine Mutter mit einem Kleinkind, außerdem ein Geschäftsmann im Nadelstreifenanzug, der auf einem Netbook herumtippte. Er telefonierte dabei und schlürfte gleichzeitig einen Kaffee. Im Hintergrund spielte leise, unaufdringliche Musik, die sich für mich nach einem „Café del Mar"-Sampler oder etwas in der Art anhörte.

Ich studierte die Speisekarte – in Braun und Türkis gehalten, und vermutlich von einem Designer gestaltet.

„Was darf ich euch bringen?", fragte uns die rothaarige Service-Kraft.

„Einen Pfefferminz-Ingwer-Tee."

„Und für mich einen Cappuccino mit Mandelmilch", sagte Sarah und warf mir einen Blick zu. Ich freute mich, dass sie daran erinnerte. „Der wurde mir schon wärmstens empfohlen", wandte sie sich mit einem Lächeln an die Rothaarige.

Diese lächelte zurück und ließ uns allein.

Sarah zog das vegane Backbuch aus ihrer Shoppertasche. „Ich habe eines der Rezepte ausprobiert", sagte sie mit einem Blick darauf und zuckte mit den Schultern. „Aber es ist leider nichts geworden, der Teig war viel zu krümelig."

„Welches Rezept war das denn?"

„Da muss ich mal eben nachschauen." Sie griff nach dem Buch und blätterte darin herum, zeigte schließlich auf Schokoladenbrownies.

„Was hat du als Ei-Ersatz genommen?", fragte ich.

Sie zögerte. „Ähm … dieses Zeug. Wie heißt das denn noch?"

„Sojamehl?", fragte ich. „Oder den Ei-Ersatz mit Stärke?"

„Sojamehl."

„Vielleicht hast du die falsche Mehlsorte erwischt. Vollfett ist besser, wenn man es statt Eiern nehmen möchte", erklärte ich.

Sie sah mich mit einem eigentümlichen Blick ein. War sie genervt oder ratlos? Schwer zu sagen…

Mir fiel ein, dass ich wieder mal ein Backvideo drehen wollte – „Vegan backen für Anfänger". Pedro, ein Freund von mir, hatte sich bereit erklärt zu filmen. Aber es war netter, wenn man zu zweit backte. Ich musterte Sarah einen Moment lang, bis mir einfiel, dass es unhöflich war, jemanden so lange anzustarren.

Mit ihrem Übergewicht war sie nicht gerade der ideale Typ, um in meinem Blog in Erscheinung zu treten. Andererseits gehörten Leute mit Übergewicht ja auch zu meiner Zielgruppe. Und letztendlich war es diskriminierend, jemanden aufgrund seines Gewichts oder Aussehens abzulehnen. Es ging hier schließlich nicht um einen Model-Job. Dann fiel mir noch etwas anderes ein: Vielleicht konnten wir ein Crossmarketing machen?

Ich berichtete ihr von meinen Plan und fragte, ob sie Lust hätte, mitzumachen. „Ich könnte deinen Blog verlinken."

„Du meinst, wir könnten gegenseitig Werbung machen?" Sie strich sich eine Haarsträhne hinters Ohr und schaute mich überrascht an.

„Du könntest, während wir backen, von deinem Blog erzählen und von deinen Backtutorials…"

Plötzlich lächelte sie. „Und ich könnte ein Video machen, in dem ich auch etwas Veganes backe. Später meine ich, nach deinem Video. Wenn alles geklappt hat. Ich traue dem noch nicht so ganz, also ohne Eier und Milch backen. Margarine ist ja auch gewöhnungsbedürftig. Jedenfalls, falls es klappt, wenn wir gemeinsam backen, dann probiere ich auch noch mal etwas aus und filme es. Und setze dann einen Link zu deinem Video. Weil du mich darauf gebracht hast, mit dem veganen Backen. Wann willst du das denn machen?"

„Ich weiß noch nicht genau, ich muss mal mit Pedro sprechen, wann es ihm passt. Wann würde es dir denn passen?"

„Schlag was vor“, sagte sie.

„Nächste Woche würde es bei mir passen, die Woche drauf nicht, da habe ich Besuch. Aber ich frage Pedro und melde mich dann bei dir.”

„Alles klar.” Sie lächelte. Ihre Augen versanken dabei ein wenig in ihrem leicht pausbäckigen Gesicht, was mich an die heitere, gelassene Mimik dieser dicken chinesischen Buddhafiguren erinnerte. Eigentlich sah das nicht einmal unattraktiv aus, stellte ich überrascht fest.

In diesem Moment wurden uns die Getränke serviert. Der Tee roch köstlich. Hier wurde weder mit Pfefferminzblättern, noch mit Ingwerscheiben gegeizt.

In Sarahs Gegenwart musste ich an meine Ex denken, die so ungefähr das Gegenteil von ihr war – schlank, um einiges größer und dunkelbraunes Haar. Patty aß immer wie ein Spatz, und manchmal vergaß sie das Essen einfach, wenn sie mit anderen Dingen beschäftigt war. Das hatte damals, als wir noch zusammen waren, bei ihren Freunden zu Gerüchten geführt, sie sei magersüchtig. Seitdem zwang sie sich zu drei Mahlzeiten am Tag, selbst dann, wenn sie eigentlich keinen Appetit hatte.

Ich warf Sarah einen Blick zu. Auf ihre Weise sah sie richtig hübsch aus, wenn sie lächelte. Der Gedanke irritierte mich. Ich stand nicht auf mollige Frauen. Zumindest hatte ich das bisher immer gedacht.

Sarah

Kapitel 5

Noch nie hatte ich bei einem Video von anderen Leuten mitgemacht. Mir klopfte das Herz schneller, als ich bei Thomas klingelte.

Er begrüßte mich mit einem freundlichen Lächeln. „Moin, Sarah. Komm rein. Pedro ist auch schon da."

Pedro – mit lässigem kurzärmeligem Karohemd und fast schwarzen Haaren – nickte mir zu und stellte sich vor, als Thomas und ich in die Küche gingen. Er hatte dort eine Kamera mit einem Stativ aufgebaut. Die Küche blinkte und blitzte wie frischgeputzt, auf einer großen Arbeitsfläche standen bereits mehrere Gerätschaften und Schüsseln mit Zutaten, darunter auch eine Küchenmaschine.

„Was möchtest du backen?", fragte ich Thomas.

„Es soll ja ein Video für Anfänger werden. Deshalb dachte ich an was einfaches – ein veganer Marmorkuchen, aber mit Orangenaroma. Das kriegen wir durch geriebene Orangenschale."

Ich mochte Orangenschokolade, diese Mischung aus fruchtiger Säure und vollmundiger Süße, die je nach Schokoladensorte auch etwas bitter sein konnte. „Klingt gut", sagte ich.

Das Rezept aus dem Buch war recht simpel. Es enthielt keinen Ei-Ersatz, und statt Milch sollte man Mineralwasser mit Kohlensäure benutzen.

Thomas erklärte, was er sich für das Video vorstellte. „Ich begrüße die Zuschauer und stelle dich und Pedro vor. Pedro ist zwar hinter der Kamera, aber das macht ja nichts. Dann backen wir beide zusammen. Ich hab die einzelnen Arbeitsschritte soweit drauf, also muss ich sie nicht ablesen. Und wir müssen darauf achten, dass wir uns nicht zu weit von der Kamera wegdrehen."

„Ich sag euch schon Bescheid, wenn das passiert", erklärte Pedro. „Ich kann die Kamera auch in die Hand nehmen und frei bewegen, das macht sowieso Sinn, um die Zutaten besser zu zeigen. Und ich schneide eh alles am Ende zusammen, also keine Sorgen, falls ihr euch mal beim Sprechen verhaspelt."

„Machst du das beruflich?", fragte ich ihn.

„Ich lerne noch, an der HAW. Mediendesign."

Aha, einer von denen, die I.M.M. studierten – irgendwas mit Medien.

„Verstehe", sagte ich. „Muss ich irgendwas beachten, wenn du uns filmst?"

„Nein. Falls mir was auffällt, sag ich das."

Das nahm mir nicht gerade die Nervosität. Kurz darauf beobachtete ich mit stiller Faszination, mit welcher Nonchalance Thomas vor der Kamera sprach. Bei ihm kam das so selbstverständlich herüber, als würde er es schon ewig machen. Von ihm konnte ich mir noch etwas abschauen, das war mir schon beim Ansehen des anderen Videos aufgefallen, welches ich neulich entdeckt hatte.

Ich verpasste mein Stichwort und fuhr zusammen, als Thomas mich erinnerte: „Du bist dran."

„Mach einfach weiter", sagte Pedro hinter der Kamera.

Ich starrte in die Linse der Kamera, in das kleine rote Licht, welches anzeigte, dass sie aufzeichnete. Dabei kam ich mir vor wie ein Kaninchen, das gelähmt vor einer Schlange sitzt. Ich räusperte mich, versuchte es mit einem Lächeln und winkte ziemlich albern mit einem lauten „Hi!" in die Kamera.

„Das bitte noch mal, etwas leiser", verlangte Pedro.

Ich kam mir noch blöder vor, als ich diese Aktion wiederholte.

Beim dritten Anlauf war Pedro zufrieden. Er stoppte die Kamera kurz. „Mach dir nichts draus, die meisten Leute haben anfangs Probleme, natürlich vor einer Kamera zu agieren."

„Ich hab schon einige Videos aufgenommen", erklärte Thomas mit einem schiefen Grinsen. Es klang aber nicht arrogant, sondern eher entschuldigend.

Während wir uns wenig später mit dem Teig beschäftigten, war er völlig locker. „Sarah wollte mir nicht glauben, dass man ohne Eier Kuchen backen kann", behauptete er.

Ich wollte widersprechen, aber er sprach bereits weiter. „Überzeugen wir sie vom Gegenteil."

Während er Mehl und Backpulver in eine Schüssel siebte, erzählte er mir Anekdoten über veganes Backen, die an mir vorüber rauschten, weil ich zu sehr damit beschäftigt war, ihm Zutaten zu reichen oder ihn anzustarren. Ich ertappte mich bei einem albernen Kichern, einfach, weil er mich angrinste.

Mensch Sarah, reiß dich zusammen, dachte ich. *Das fehlt mir gerade noch, dass ich mich hier zum Affen mache.* Mittlerweile erfüllte der Duft von Kakao und geriebenen Orangenschalen die Küche, was mir das Wasser im Mund zusammenlaufen lief.

Diese ganze Aktion fing an, mir richtig Spaß zu machen. Ob das an Thomas lag? Zugegeben, ich bewegte mich, als würde ich mit rohen Eier jonglieren. Aus Angst, etwas falsch zu machen, in *seinem* Video. Schließlich war ich hier nur zu Gast. Bei meinen eigenen Backtutorials befand sich die Kamera ja direkt über mir beziehungsweise über meiner Arbeitsfläche, so dass alles von oben zu sehen war. Ich hatte eine Weile basteln müssen, bis ich sie auf diese Weise befestigen konnte. Von der Handhabung her war das für mich viel einfacher.

„Erzähl uns doch bitte mal etwas über deinen Vlog, Sarah", bat Thomas mich mit Plauderstimme.

„Ja, also ... mein Back-Vlog heißt Schokoliebe. Und wie der Name schon andeutet, habe ich eine große Schwäche für Schokolade, aber das ist natürlich nicht die einzige Zutat, mit der ich gern backe", plapperte ich drauf los. „Und ich bin gespannt, was nun hierbei herauskommt."

„Und warum wolltest du bei diesem Video mitmachen?", fragte er.

Mit der Frage hatte ich nicht gerechnet, dabei war sie naheliegend. Mir schoss die Hitze in die Wangen. „Weil ... ich Kuchen mag?“, stammelte ich schließlich.

Thomas antwortete ganz locker. „Wer nicht? Aber würdest du auch denken, dass veganer Kuchen genauso gut schmecken kann, wie gewöhnlicher Kuchen?“

Ich verneinte nach kurzem Zögern.

„Dann versuchen wir doch mal dich und all die Ungläubigen da draussen vom Gegenteil zu überzeugen. Du wirst sehen, es ist nicht so schwer, wie manche denken”, sagte Thomas fröhlich und lächelte in die Kamera.

Ich grinste ihn an. „*Challenge accepted.*”

Im nächsten Moment bereute ich meine Worte. Warum hatte ich nur davon angefangen? Am Ende würde er ein Video von mir erwarten, in dem ich vegan backte. Ich hatte ja selbst schon Andeutungen gemacht, dass ich das demnächst mal versuchen wollte.

„So ihr Lieben, demnächst gibt es also vielleicht ein Video bei Schokoliebe, in dem Sarah einen veganen Kuchen backt. Oder Kekse”, sagte Thomas, als hätte er meine Gedanken gelesen. Ein schöner Schlamassel war das … wo hatte ich mich da nur hineingeritten?

Thomas wandte sich wieder der Kamera zu und erklärte: „Für unseren veganen Marmorkuchen mit Orange brauchen wir die folgenden Zutaten.” Er hielt inne.

Pedro gab ihm ein Zeichen.

„Ich blende die Zutaten später aufgeschrieben ein", erklärte Thomas. „Siehst du, diese hier..." Er deutete auf einen Zettel, der auf dem Küchentisch lag.

Veganer Marmorkuchen mit Orange[2]

Darunter standen die Zutaten aufgelistet. Thomas erklärte die einzelnen Schritte, während er sie ausführte: „Als erstes mische ich das Mehl und das Backpulver in einer Schüssel, danach gebe ich eine Prise Salz hinzu." Er griff nach der Schüssel mit dem Zucker. „Dann folgt der Zucker und der Vanillezucker. Wenn ihr es weniger süß mögt, nehmt statt des Vanillezuckers das Mark einer Vanilleschote. Und dann wieder alles gut mischen." Er stellte das Handrührgerät auf geringer Stufe an und die Masse staubte ein wenig, während er sie mischte. Ich stellte amüsiert fest, dass er Mehlstaub auf der Nase hatte, weil er sich zu sehr über die Schüssel gebeugt hatte.

„Und weil das Ganze noch viel zu trocken ist, gieße ich nun das Wasser hinein." Das Handrührgerät brummte weiter, während er das machte. „Als nächstes noch das Pflanzenöl."

Wenig später hatte der Teig die richtige Konsistenz. Und das, obwohl er weder Eier noch Butter oder Milch enthielt, wie ich staunend feststellte.

„Wie das so ist bei Marmorkuchen ..." Pedro gab Thomas ein weiteres Zeichen und er unterbrach sich.

„Was denn?"

2 Das Rezept findest du am Ende des Buches.

„Du hast Mehl an der Nase."

„Oh." Thomas nahm sich ein Küchenpapiertuch und wischte sich über die Nase.

„Ist es weg?"

„Ja. Wir können weitermachen. Fang am besten noch mal bei deinem letzten Satz an.“

Thomas räusperte sich. „Und wie das so ist bei Marmorkuchen, halbieren wir nun den Teig. Sarah, übernimmst du das?"

Er deutete auf die zweite bereit gestellte Backschüssel und ich teilte mit einem Teigschaber den Teig auf beide auf. Thomas reichte mir mit einem Augenzwinkern den Kakao. „Bitte zwanzig Gramm davon in die eine Hälfte des Teiges."

Ich wog die Menge ab und mischte das aromatische Pulver in den Teig, während Thomas die andere Hälfte mit der geriebenen Orangenschale würzte.

Er füllte die helle Teigmasse als erstes in die bereit gestellte Backform, danach strich ich die dunkle darüber.

„Möchtest du die Marmorierung übernehmen?", fragte er mich.

„Gern." Das war eine meiner leichtesten Übungen, ich zog einen Löffel kreuz und quer durch den Teig und strich danach die Oberfläche wieder glatt.

„Prima. Und nun ab in den Ofen damit."

Das bedeutete für uns eine Pause von einer knappen halben Stunde, in der Pedro die Kamera ausschaltete.

Thomas kochte für uns alle Kaffee – den er mit Mandelmilch servierte. Das schmeckte ungewohnt, aber gar nicht mal schlecht, fand ich. Es erinnerte mich an den Cappuccino aus dem veganen Café.

„Das macht Spaß – so ein Video zu zweit", sagte ich. „Hast du das schon öfter gemacht?"

„Ich hab mal einen Yoga-Lehrer interviewt, und ein anderes Mal hab ich zusammen mit einem anderen Fitnesstrainer ein Workout-Video gemacht. Und du?"

Ich schüttelte den Kopf. „Bisher hab ich meine Videos immer allein gemacht. Aber vielleicht sollte ich auch mal jemanden zum Backen einladen."

„Ich finde es empfehlenswert", erwiderte Thomas. „Das kann einen schönen Cross-Marketing-Effekt geben, weil man dadurch die Follower des anderen auf sich aufmerksam machen kann und umgekehrt. Es erhöht die Reichweite."

„Ich werde mir das mal überlegen", sagte ich unverbindlich und schlürfte meinen Kaffee.

Der eingestellte Timer piepte schneller als gedacht und wir holten den herrlich duftenden Kuchen aus dem Ofen. Zum Abschluss kam noch vegane Zartbitterschokolade als Guss auf den Kuchen, was ich ebenfalls übernahm. Ich liebte den Geruch geschmolzener, warmer Schokolade, denn es erinnerte mich an meine Kindheit, als meine Mutter und ich mehrmals zusammen gebacken hatten. In einer weiteren Drehpause kühlte der Kuchen ab. Pedro erzählte von seinem Mediendesign-Studium und ich genoss den Duft, der sich in der Küche verbreitete, während ich Thomas verstohlen betrachtete.

Ich musste mir eingestehen, dass ich ihn mehr mochte, als mir lieb war. *Mensch Sarah, in deinem Leben ist kein Platz für einen Mann. Schlag ihn dir aus dem Kopf, er spielt doch eh in einer ganz anderen Liga.* Jemand wie er stand bestimmt nur auf durchtrainierte Frauen mit Gesundheitsfimmel. Solche, wie ich sie im Fitness-Club in Scharen gesehen hatte.

Oder die, welche im Park in der Nähe ihre Runden liefen oder sich in kleinen Gruppen auf dem Rasen gemeinsam mit irgendwelchen Gymnastik- oder Yogaübungen verbogen. Nein, Thomas war außerhalb meiner Reichweite und außerdem hatte ich es mir mit meinem Single-Dasein gut eingerichtet. Wie hätte ich da noch einen Mann unterbringen sollen?

Zu meiner Überraschung schmeckte der Kuchen nicht anders als ein klassischer Marmorkuchen mit Orangen, als wir später davon kosteten. Irgendwie hatte ich eine andere Konsistenz erwartet, aber dieses Rezept war richtig gut. Meine Geschmacksnerven explodierten beinahe, als die Schokolade mit dem Aroma der Orange zusammentraf. Wundervoll!

Kein Wunder, warum manche Leute bei besonders schmackhaften Gerichten von „Food Porn“ sprachen. Wenn es so etwas wie einen Geschmacksorgasmus gäbe, wäre ich bei diesem Kuchen kurz davor gewesen…

***

Als Thomas' Video mit dem veganen Marmorkuchen zwei Tage später online ging, schrieb er mir eine Nachricht:

Das Video finde ich richtig gut. Aber lies dir besser nicht die Kommentare bei Youtube durch. Es tut mir leid.

Na toll. Nun hatte er mich erst richtig neugierig gemacht und ich wollte wissen, was die Leute geschrieben hatten. Also schrieb ich seinen Blognamen in die Suchleiste bei Youtube und fand auch bald das entsprechende Video. Eine Viertelstunde lang war es, Pedro musste einiges herausgeschnitten haben.

Ich mochte mich selbst nicht so gern in Videos sehen. Auf Film sah ich noch dicker aus in der Realität, zumindest schien es so. Aber ich zwang mich, das komplette Video anzuschauen. Thomas wirkte souverän und entspannt, ich dagegen schien nicht zu wissen, wo ich zuerst hinschauen sollte, fuchtelte beim Sprechen zu viel mit den Händen, außerdem klang meine Stimme ein bisschen piepsig. Aber davon mal abgesehen, fand ich es gut.

Rund 700 Klicks hatte das Video bereits. Mehrere Likes, allerdings auch mehrere Daumen nach unten.

Aber das war bei den meisten Videos so, deshalb ließ ich mich davon nicht beunruhigen.

Ich schaute mir die Kommentare an. Es gab einige Rants und Witze über veganes Essen. Das waren vermutlich irgendwelche Trolle, bestimmt keine Follower von ihm.

Dann las ich folgenden Kommentar: *Ey Thomas, was hat die fette Trulla in deinem Video verloren?*

Ein anderer, aus dessen Namen nicht hervorging, ob es ein Mann oder eine Frau war, schrieb darunter: *Die passt überhaupt nicht in deinen Vlog, Mann.*

Eine Frau schrieb: *Ich hab ja nichts gegen Plus Size Trägerinnen, aber was macht die in deinem Vlog?!*

Und so ging es weiter und weiter:

Was für eine fette Kuh!

Schokoliebe? Die futtert wohl nichts anderes!

Wo hast du DIE aufgegabelt?!?

Ich mochte deinen Vlog echt gern, aber was soll das denn bitte?

Boah, ist die häßlich!

Und das waren nicht mal alle Kommentare, es kamen noch mehr dieser Art. Ich stellte den Joghurt wieder hin, den ich gerade aß. Das war … ich konnte nicht weiterlesen, mir kamen die Tränen. Ich fing an zu heulen, wie ein kleines Kind. Diese Hasskommentare waren wie ein harter Schlag in den Magen. Ich wischte mir über das tränenverschmierte Gesicht und schaltete meinen PC aus. *So eine Scheiße.*

Ich war trauig und wütend zugleich. Wütend auf Thomas. Warum hatte er mich zu diesem Video überredet? Warum hatte er die Kommentarfunktion nicht ausgestellt? Aber nein, das konnte er als Vlogger kaum tun. Unsere Vlogs und Blogs lebten schließlich von der Kommunikation mit unseren Followern. Dass sich auch mal Trolle einschlichen, kam gelegentlich vor. Bei meinem Blog hatte ich das allerdings bisher selten erlebt, und vor allem noch nie mit direktem Bezug auf mich. So fühlte sich also Cybermobbing an …

Mein Herz raste und eine Welle von Übelkeit schwappte durch meinen Magen. Thomas hatte auf keinen der verletzenden Kommentare reagiert. Andererseits wusste ich, wie sehr manche Diskussionen in den sozialen Netzwerken ausufern konnten und dass man keine Trolle füttern sollte, indem man in die Diskussion einstieg. Aber hätte er mich nicht wenigstens ein bisschen in Schutz nehmen können?

Red dir nichts ein, es waren viel zu viel miese Kommentare, da würde er ja lange dran sitzen, auf die alle einzugehen.

Ich stellte den noch halb vollen Joghurtbecher wieder in den Kühlschrank. Den Impuls, an Thomas eine Nachricht zu schreiben, verwarf ich wieder. Vermutlich war es das Beste, mir ihn und seinen Vlog aus dem Kopf zu schlagen. Ich ging ins Badezimmer, betrachtete mein rundliches, verheultes Gesicht. Ja, ich war dick.

Ich war eine Plus-Size-Trägerin. Na, und? Das war jedenfalls kein Grund, mich zu mobben. Ich musste an eine Zeile aus einem Taylor-Swift-Song denken. Die Hasser werden hassen. Und die Hasser starben leider nicht aus.

Thomas

Kapitel 6

Ich hatte mich von Patty breitschlagen lassen, sie vom Bahnhof abzuholen. Wegen des Gepäcks. Warum fiel es mir bloß so schwer, Nein zu sagen?

Sie umarmte mich auf dem Bahnsteig, als ob wir noch immer die besten Freunde wären. „Prima, danke, dass du mich abholst. Ich wüsste nicht, wie ich das ganze Gepäck bis zu dir schleppen sollte."

Sie hätte sich ein Taxi leisten können. Aber das sagte ich nicht laut. „Hast ja deinen halben Hausstand mit, wie's aussieht."

„Ich bin ja immerhin eine ganze Woche hier mitsamt Wochenende", sagte sie.

Wir schleppten also ihr Zeugs gemeinsam bis zum S-Bahn-Gleis, wo wir Koffer und Taschen um uns drapierten. Aus einer gerade eingefahrenen S-Bahn sah ich plötzlich eine Frau aussteigen, die mir bekannt vorkam War das nicht Sarah? Ja, tatsächlich. Sie trug wieder das türkisfarbene Kleid, das so gut zu ihren blonden Haaren passte und das mir neulich im Café aufgefallen war.

Unsere Blicke begegneten sich, dann betrachtete sie Patty. Ich wollte schon zu Sarah hinübergehen, um sie zu begrüßen, doch sie wandte abrupt den Blick ab und sah demonstrativ in eine andere Richtung, während sie rasch auf die Rolltreppe zuging. *Oh je.* Warum wollte sie nicht mit mir sprechen? Ob es wegen der Trollkommentare zu unserem gemeinsamen Video war? Auf meine Nachrichten hatte sie auch nicht geantwortet.

Ich hatte allerdings keine Zeit, weiter darüber nachzudenken, denn unsere Bahn kam und Patty riss mich aus meinen Gedanken. Sie plauderte munter drauf los, nachdem wir uns auf eine der Sitzbänke gequetscht hatten, das Gepäck um uns herum gestellt.

„Die Fahrt hierher war ja *so* nervtötend. Erst hatte der Zug Verspätung, dann musste ich einen Mann von meinem Sitzplatz verscheuchen, ich hatte ja extra einen reserviert, und dann saß ich neben so einem Businesstypen, der die ganze Zeit telefoniert hat. *So* nervig! Und das ist einfach irre, was manche Leute alles am Telefon besprechen, selbst Interna von der Arbeit. Die kann doch dann jeder mithören. Na ja, jedenfalls, also…"

So ging es in einem weiter. Ich hatte schon fast erfolgreich verdrängt, dass Patty gelegentlich ohne Punkt und Komma redete, vor allem, wenn sie etwas sehr beschäftigte. Ich nickte ab und an, gab ein zustimmendes Brummen von mir, hörte aber nur mit halben Ohr hin, weil ich mir inzwischen wieder Gedanken machte, warum Sarah sich so abrupt weggedreht hatte. Vielleicht sollte ich ihr mal texten, ob alles in Ordnung war? Ich nahm es mir für den Abend vor.

Als wir bei mir zu Hause ankamen, quartierte sich Patty direkt in dem kleinen Gästezimmer ein. Anschließend wollte sie duschen. Und das tat sie dann auch, lange und ausführlich. Ich vermutete, dass sie nun erst mal eine Weile im Bad bleiben würde und machte mich daran, das Abendessen zuzubereiten.

Auch das hatte ich versucht, aus meinem Gedächtnis zu streichen: Patty war einer dieser Frauen, die Stunden im Bad brauchten, selbst an gewöhnlichen Tagen, an denen nichts weiter anstand. Während der Zeit, als wir zusammen waren, hatte mir das mehr als einmal den letzten Nerv geraubt. Also stellte ich mich mental darauf ein, dass ich früher als sonst aufstehen musste, damit ich morgens genug Zeit fürs Bad haben würde. Zum Glück war sie nur eine Woche hier…

Später warf Patty einen geringschätzigen Blick auf die Pfanne mit dem Seitan-Geschnetzelten, die ich zubereitet hatte. „Was ist das?"

„Seitan."

„Ist das nicht mit Gluten?"

„Ja, warum?", fragte ich sie.

Patty seufzte. „Ich hab eine Gluten-Unverträglichkeit."

„Oh. Seit wann das denn?"

„Ach, ich hatte schon länger so Magen- und Verdauungsprobleme. Vor vier Monaten bin ich dann zu einem Facharzt für Allergien und Unverträglichkeiten gegangen, der hat es festgestellt", sagte sie mit düsterer Miene.

„Warum hast du mir nichts davon gesagt?"

„Sorry, aber ich hab es bei all dem Trubel vergessen. Hatte viel zu tun jetzt vor der Messe."

„Ich könnte auch etwas Tofu marinieren und braten, wenn du magst."

„Nee, lass mal, ich esse nur den Reis und den Salat. Das geht schon", sagte sie.

„Ich fürchte, ich habe nichts Passendes für dich zum Frühstück", erklärte ich. „Nur Müsli und Brot. Es sei denn, du kannst dich mit Obst begnügen?"

Mit Leidensmiene sah sie mich an. „Ich gehe morgen mal einkaufen."

„Im Mercado ist unten ein Budni[3], da gibt es, glaube ich, auch glutenfreies Brot."

„Das ist gut", erwiderte sie.

Im Geiste ging ich den Inhalt meines Kühlschranks durch und stellte fest, dass ich keine Ahnung hatte, ob in den veganen Aufstrichen und dem Aufschnitt Gluten enthalten war. Aber es reichte ja schon, dass sie hier zu Gast war, ich musste sie nicht auch noch durchfüttern.

„Hast du Wein?", fragte sie, als wir zusammen den Tisch deckten.

„Ich wollte heute Abend eigentlich keinen trinken", entgegnete ich. „Aber es ist noch Bio-Limonade im Kühlschrank."

„Von mir aus", sagte Patty.

„Und, was gibt's so Neues bei dir?", fragte sie mich kurz darauf im Plauderton.

3 Budni (bzw. Budnikowsky): eine Hamburger Drogeriekette

„Ich hab neulich ein Video mit einer anderen Bloggerin gemacht, da ging es um veganes Backen."

„Aha", sagte sie, fragte aber nicht weiter nach. Ihr Interesse daran hielt sich offensichtlich in Grenzen und ich hatte keine Lust, mehr darüber zu erzählen.

„Und wie läuft's bei dir so?", fragte ich.

Fünf Minuten später bereute ich diese Worte bereits, denn Patty berichtete mir nun in aller Ausführlichkeit von den Höhen und Tiefen ihres turbulenten Liebeslebens. Himmel, das wollte ich doch alles gar nicht wissen – wen sie gedatet hatte, auf wen sie dabei hereingefallen war, weil der Typ ein altes Foto von sich im Online-Dating Portal verwendet hatte. Wie sie Tinder ausprobiert hatte und dann ein katastrophaler One Night Stand die Folge gewesen war. Und wie eine Freundin versucht hatte, sie mit einem Typ zu verkuppeln, der fünf Jahre jünger war als sie. Daraus war ebenfalls nichts geworden, doch ihre Schilderungen endeten nicht an dieser Stelle. Ich ließ sie reden. Nur hin und wieder gab ich unbestimmte Laute von mir oder mal ein „Nein, so was!"

Als wir beide zu Ende gegessen hatten, bot mir das die Gelegenheit, ihren Redefluss zu unterbrechen, allerdings nicht für lange, denn sie redete gleich weiter, während ich abräumte und anschließend das Geschirr in die Geschirrspülmaschine einräumte.

Ich nahm mir vor, ihr keine Fragen dieser Art mehr zu stellen. Sonst würde sie mir vermutlich auch noch in aller Länge und Breite von ihren nervigen Kollegen, Nachbarn, weiteren misslungenen Dates oder schwierigen Verwandten berichten, oder noch von ganz anderen Dingen, die ich auch nicht wissen wollte.

„Entschuldige mich, ich muss noch was für meinen Blog erledigen", behauptete ich schließlich. Das stimmte so zwar nicht ganz, aber ich konnte ja zumindest so tun.

„Alles klar. Ich werde mir dann mal Unterlagen für die Messe anschauen", sagte sie und verzog sich auf die Couch im Wohnzimmer. Ich setzte mich an meinen Schreibtisch, der ebenfalls dort stand, fühlte mich allerdings gar nicht wohl dabei, denn Patty saß hinter mir und ich hatte das Gefühl, sie würde mir die ganze Zeit über die Schulter starren. Weil mich das so durcheinander brachte, vergaß ich an dem Abend völlig, dass ich eigentlich noch eine Nachricht hatte an Sarah schreiben wollen. Stattdessen bereitete ich nun doch etwas für den Blog vor, das ich an einem der kommenden Tage posten wollte.

Wenig später fragte Patty mich, ob sie sich noch einen Film ansehen könnte. „Ich brauche etwas zum Abschalten", erklärte sie.

Ich würde mich nicht auf meine Blogsachen konzentrieren können, aber noch weniger hatte ich Lust, mit ihr zusammen einen Film anzusehen, egal, welcher Art. Aber immerhin würde sie mich dann nicht weiter zutexten…

Mir kam ein anderer Gedanke. „Mach das. Ich werde eine Runde joggen gehen."

Sie warf mir einen Blick zu, den ich nicht deuten konnte. Enttäuschung, vielleicht?

Es war mir egal, ich musste den Kopf freikriegen, also ging ich im Altonaer Volkspark joggen. Eigentlich war es nicht meine Art, das nach dem Abendessen zu machen. Es wurde auch allgemein eher davon abgeraten, da es den Kreislauf so anregte und manche Leute dann abends Probleme hatten zur Ruhe zu kommen. Aber mir war alles recht, um Patty für eine Weile zu entkommen. Warum hatte ich nur zugestimmt, dass sie bei mir übernachten konnte?

Eigentlich war es seltsam – im Beruf war ich der toughe Trainer, der den ganzen Tag Anweisungen gab, oftmals auch laut und fordernd, im Kommandoton. In meinem Privatleben war ich fast eher ein Softie. Aber vielleicht war das auch einfach mein Ausgleich. Außerdem fiel es mir oft schwer, Nein zu sagen, zumindest bei Menschen, die ich gut kannte. Ich hatte mal mit Marek darüber gesprochen und der meinte, es gäbe auch Leute, die abwechselnd, je nach Situation, introvertiert oder auch extrovertiert sein konnten. Das war ich wohl eher nicht, aber vielleicht war diese Mischung aus tough und soft ja etwas ähnliches?

Als ich vom Joggen zurückkehrte, hatte Patty eine Flasche Wein geöffnet und sah noch immer fern.

Sie schaltete das Gerät aus. „Das war nur noch der Abspann“, sagte sie. „Komm setz dich zu mir, trink ein Glas Wein mit mir.“

Ihr gewinnendes Lächeln erinnerte mich daran, dass ich diesen Gesichtsausdruck früher einmal sehr reizend gefunden hatte. Auch ihr Duft war mir vertraut, sie trug noch immer das Parfüm, welches sie seit Jahren bevorzugte. Ein Geruch, den ich wohl auf ewig mit ihr verbinden würde…

„Klar, warum nicht“, sagte ich und setzte mich neben sie auf das Sofa. Sie schenkte mir ein Glas ein. Der Wein war halbtrocken und hatte ein angenehm-fruchtiges Aroma, er schmeckte leicht nach Kirschen.

„Ich habe vorhin so viel von mir erzählt, ich hab dich gar nicht zu Wort kommen lassen. Tut mir leid.“

Ich war ein wenig überrascht, dass ihr das überhaupt aufgefallen war.

„Erzähl doch mal, was macht dein Liebesleben so?“

Auf die Frage hätte ich eigentlich verzichten können. Aber sie sah mich völlig arglos an.

„Da gibt es nicht viel zu erzählen“, antwortete ich und zog eine Grimasse.

„Ah, also sind wir beide Singles?“

„Jepp, so sieht‘s wohl aus.“

Sie seufzte theatralisch und trank einen Schluck. Im nächsten Moment sah sie mich direkt an, mit einem dieser Schlafzimmerblicke, den sie schon zu unserer gemeinsamen Zeit perfektioniert hatte. Und sie setzte noch einen drauf und streichelte meinen Arm. „Ein Jammer, ausgerechnet wir beide...“

Wieviel Wein sie wohl schon getrunken hatte? Ich entzog ihr meinen Arm und wollte aufstehen, doch sie umarmte mich auf einmal, drückte sich ganz fest an mich. Ihr Duft stieg mir in die Nase, ließ Erinnerungen aufsteigen, an früher, an unsere gemeinsame Zeit.

Patty löste sich kurz darauf von mir, doch nicht ganz. Mir setzte fast das Herz aus, als sie sich vorbeugte und mich küsste. *Woah, das geht mir viel zu schnell!* Das war mein erster Gedanke. Mein zweiter war, dass dieser Kuss keineswegs unangenehm war, sondern auf eine erregende Weise intensiv.

Ich fühlte eine Hitze in mir aufsteigen, wie ich sie lange nicht mehr gefühlt hatte. Deshalb erwiderte ich den Kuss, ich vergrub meine Finger in ihren Haaren. Patty schmeckte nach Wein und ihr Duft brachte mich fast um den Verstand. Eine ganze Weile, saßen wir knutschend auf dem Sofa, während mein Herz wie wild klopfte und mir immer wärmer wurde. Ich streichelte ihre Schultern, ihre Brust, spürte ihre Haut unter dem dünnen Top. Kurz darauf fühlte ich ihre Hand am Bund meiner Jogginghose, sie zog leicht daran.

Plötzlich erschien Sarahs lächelndes Gesicht vor meinem inneren Auge. Ich schnappte nach Luft, löste mich aus dem Kuss.

„Was ist denn?"

„Nichts ..." Ich beugte mich wieder vor, um dort weiterzumachen, wo ich gerade aufgehört hatte. Also küsste ich sie ein weiteres Mal, fühlte ihre weichen Lippen, ihre Zunge, die mit meiner spielte. Patty schob ihre Hand in den Bund meiner Hose, arbeitete sich weiter vor bis in meinen Schritt. Und wieder war da Sarahs Gesicht, klar und deutlich. In der nächsten Sekunde sah ich ihre gesamte Gestalt, in einem dieser Kleider, die sie offenbar gern trug. Was um alles in der Welt hatte das zu bedeuten?! Mit einem Mal war mir

Pattys Berührung unangenehm. Das hier fühlte sich falsch an.

Ich griff vorsichtig nach ihrem Handgelenk und zog ihre Hand aus meiner Hose, während ich mich von ihr löste.

„Warum ...“, begann sie mit großen Augen.

„Es ist ...“, stammelte ich. „Ich … ich kann das nicht. Tut mir leid.“

Was war nur mit mir los?

Patty ließ ihre Schultern hängen. Sie verzog das Gesicht und griff nach ihrem Weinglas. „Schade. Ich hätte gern ein bisschen Spaß mit dir gehabt. Einfach so, weißt du?“

„Ich glaube, ich stehe nicht auf so was. *Sex with your ex* und so.“ Das war nicht die ganze Wahrheit. Aber ich wollte ihr nicht von Sarah erzählen.

Patty zuckte mit den Achseln und lachte mit einem Mal. „Ich hab so ein verkorkstes Liebesleben.“

Ihre Erheiterung war ansteckend. Ich grinste. „Das geht nicht nur dir so.“

Sie trank ihr Glas aus und sah mich an. „Warum, hattest du auch irgendwelche Katastrophen-Dates?“

„Nicht in letzter Zeit.“ Ich erzählte ihr von der Frau, die mich während eines Dates vor einiger Zeit völlig ungeniert nach einer reinen Fick-Beziehung gefragt hatte – unverbindlicher Sex und sonst nichts. Patty tat mir den Gefallen, ein bisschen schockiert zu gucken.

„Na ja, heutzutage gibt es ja kaum etwas, das es nicht gibt, nicht wahr?“, sagte sie mit einem Seufzen.

„Da könntest du Recht haben.“ Ich trank meinen Wein aus. Wir unterhielten uns noch eine Weile, sie erzählte von Berlin und ihren Bekannten dort. Ich gab einige Anekdoten aus dem Fitness-Studio zum Besten, die uns beide erheiterten.

Als wir uns zu Bett begaben – ich in meines, sie auf die Couch –, hauchte sie mir einen Kuss auf die Wange. „Keine Sorge“, sagte sie mit einem Kichern. „Nur ein kleiner Gute-Nacht-Kuss, ganz harmlos.“

Später lag ich noch eine Weile wach, denn wieder tauchte Sarahs Bild vor meinem geistigen Auge auf. Warum ging sie mir nicht mehr aus dem Kopf? Abgesehen vom Bloggen hatten wir doch kaum etwas gemeinsam...

Sarah

Kapitel 7

Während ich ein Eis-Frappé trank, klagte ich Jeanine mein Leid in Sachen Cyber-Mobbing. Wir saßen in unserem Lieblingscafé in Ottensen, welches sich hinter dem Einkaufszentrum Mercado befand. Die Gaststätte erinnerte mich neuerdings an den Shabby-Chic in Thomas' Wohnung: Vintage Möbel, die weiß lackiert worden waren. Himmel, warum musste ich nur ständig an ihn denken? Ich sollte ihn mir aus dem Kopf schlagen.

Jeanine rührte in ihrem Latte Macchiato. „Oh je, das tut mir so leid für dich. Aber so ist das mit diesen Trollen im Internet, nicht wahr? Dagegen kann man kaum was tun, das sind doch oft sogar Fake-Profile. Hat mir Matthias jedenfalls mal erzählt." Ihr Freund arbeitete in der IT-Branche und kannte sich aus.

„Weißt du, dieses Cybermobbing bei Youtube hatte mich ins Grübeln gebracht. Erst war ich völlig fertig und wollte schon meinen Blog aufgeben", gab ich zu.

„Echt?"

„Ja. Backen kann ich schließlich auch so. Aber am nächsten Tag dachte ich mir, dann würden diese Trolle ja quasi gewinnen. Aber ich will das auch nicht einfach so auf mir sitzen lassen, verstehst du? Ich muss irgendetwas tun."

„Du meinst, in deinem eigenen Video-Blog?", erkundigte sie sich.

„Ja. Vielleicht sollte ich mal ein Video zum Thema Body Positivity und Selbstliebe machen. Das wäre mal etwas ganz anderes. Aber ich frag mich halt, ob ich mich ernsthaft traue, mich meinen Followern zu präsentieren, die bisher nur meine Hände in Aktion gesehen haben."

„Ach so, weil sie dann sehen, dass du Plus Size trägst?"

„Genau. Ich meine, was, wenn mich das Follower kostet? Oder ich damit ebenfalls einen Shitstorm ernte?"

Jeanine blickte mich beinahe tadelnd an. „Sieh es doch nicht so negativ. Wer weiß, vielleicht sind unter deinen Followern ebenfalls viele Plus Size Mädels? Könnte doch sein. Weißt du noch, wie wir *Embrace* gesehen haben? Das ist doch ein Riesenthema, ich meine Body Positivity. Wer weiß, vielleicht kriegst du danach sogar noch mehr Follower?"

Ich seufzte. Das wäre zu schön, um wahr zu sein. Aber Body Positivity war auf jeden Fall ein wichtiges Thema, da musste ich ihr Recht geben. Trotzdem war mir nicht ganz wohl bei der Aussicht, mich erneut vor der Kamera zu präsentieren. „Ach, ich wünschte, ich hätte deinen Optimismus."

„Probier es doch aus. Wenn es schief läuft, kannst du das Video immer noch löschen", schlug sie mir vor.

„Ich schau mal. Erst mal müsste ich mir eh einen Text überlegen und mit der Kamera experimentieren, damit die Videoqualität bei der Aufnahme auch gut genug ist."

„Überleg es dir nicht zu lange. Du könntest dieses Cybermobbing als Aufhänger für das Video benutzen. Aber nur, wenn du nicht zu lange damit wartest."

„Hmm", murmelte ich. Vielleicht sollte ich es wirklich versuchen…

Die Idee mit dem Video ließ mich nicht los, also wagte ich abends einen Versuch. Es hatte eine Weile gedauert, bis ich meine Kamera so eingestellt hatte, dass sie mich frontal aufnahm. Als Hintergrund wählte ich eine Ecke meines Wohnzimmers, die nicht vollgestellt war, so dass im Bild fast nur cremefarbene Wand zu sehen war.

Ich stellte die Kamera an, setzte mich auf den bereit gestellten Stuhl aus der Küche. Nach einem Räuspern legte ich los. „Hallo zusammen, ich bin Sarah vom Blog Schokoliebe. Die meisten von euch kennen von mir bisher nur meine Hände und meine Stimme. Mein heutiges Thema ist ausnahmsweise mal nicht Backen, sondern Body Positivity — aus aktuellem Anlass. Vor einiger Zeit hat Thomas vom Vlog *Thomas' Healthy Life* zusammen mit mir ein Video über veganes Backen gemacht. Das hat mir viel Spaß gemacht. Bis ich die Kommentare dazu gelesen habe. Es gab einen Shitstorm, der sich auf meine Figur bezog. Ich hab das dort nicht kommentiert. Aber ich möchte gern hier ein bisschen dazu sagen."

Ich räusperte mich ein weiteres Mal und sah kurz auf die vorbereiteten Stichworte, die sich auf einem Zettel auf dem Beistelltisch befanden. „Ja, ich trage Plus Size, wie man sehen kann. Ich habe keine Modelmaße. Und ich nehme mir die Freiheit heraus, dennoch das zu essen und das zu tun, was mir Spaß macht. Zum Beispiel diesen Vlog hier. Ich bin *Genießerin*." An dieser Stelle machte ich eine kurze Pause, damit meine Worte Zeit hatten, zu wirken.

„Das Schönheitsideal für Frauen hat sich in der Zeit, in der ich auf der Welt bin, kaum verändert: dünn und seit den 1980ern am besten durchtrainiert, und so wird es in sämtlichen Frauen- und Fitnesszeitschriften gepredigt. Seitdem gibt es da nur wenige Varianten, zum Beispiel ist in letzter Zeit ein großer, ebenfalls durchtrainierter Po beliebt geworden. Solche Schönheitsideale werden natürlich auch in anderen Medien und im Fernsehen verbreitet. Sie tragen dazu bei, dass immer mehr junge Frauen an Magersucht, Bulimie oder anderen Ess-Störungen erkranken. Ich frage euch: Wofür das alles? Warum müssen wir uns denn *alle* an oft unerreichbare Schönheitsideale klammern?"

Ich hob kurz die Hände. „Gut, in einigen Berufen ist ein durchtrainierter Körper unabdingbar. Für Leistungssportler, Tänzer, Schauspieler und manche Musiker sind ihre Körper ihr Kapital. Nehmen wir einmal das Beispiel Schauspiel: Zwar wird auch ein molliger Schauspieler oder eine Schauspielerin mit rundlicher Figur vermutlich noch Arbeit finden, aber wahrscheinlich nicht jede Rolle angeboten bekommen.

Zum einen, weil auch in diesem Bereich immer noch das altbekannte Schönheitsideal vorherrscht, zum anderen weil manche Rollen dies aus praktischen Gründen erfordern. Ein durchtrainierter Actionheld wirkt wenig glaubhaft, wenn der Schauspieler, der ihn spielt, beispielsweise einen ausgeprägten Bierbauch hat, aber keine Muskeln. Und die meisten Zuschauer wünschen sich in der Rolle eines Love Interests nun mal jemanden, der dem gängigen Schönheitsideal entspricht. Auch in anderen Berufen, z.B. mit schwerer körperlicher Arbeit, ist ein durchtrainierter Körper natürlich von Vorteil.“

Ich sah kurz auf meine Notizen. „Ich weiß nicht, wie es bei euch ist, aber in *meinem* Hauptberuf sitze ich am Schreibtisch. Und bezogen auf meine Arbeit spielt es keine Rolle, wie dick oder dünn ich oder meine Kolleginnen und Kollegen sind. Die Zeiten ändern sich, selbst im Model-Bereich gibt es inzwischen Plus Size Modelle. Und was die Gesundheit angeht: Ich habe durch mein Übergewicht keine gesundheitlichen Probleme. Wäre das anders, würde ich sicher alles tun, um abzunehmen. In letzter Zeit habe ich mich vermehrt mit Body Positivity befasst. Und in diesem Sinne kann ich sagen: Jeder Körper ist anders. Jeder Körper ist einzigartig. Und es gibt viel mehr Vielfalt als die üblichen Modelmaße, die von der Bekleidungsindustrie vorgegeben werden. Wenn euch das Thema interessiert, schaut einmal in die Links in der Videobeschreibung, da findet ihr einiges mehr dazu.”

Ich bedankte mich für die Aufmerksamkeit und beendete die Aufnahme. Anschließend schaute ich sie mir noch einmal an, um sicher zu gehen, dass ich mich nicht irgendwo verhaspelt oder Worte verschluckt hatte. Das hatte ich nicht und ich würde keine Probleme haben, das Video zurecht zu schneiden.

Nach dem Videodreh bereitete ich mir mein Lieblingsfruchteis zu, aus gefrorenen Erdbeeren und Joghurt.[4] Die Erdbeeren hatte ich dafür schon antauen lassen und durch die restlichen Eiskristalle wurde die Konsistenz der Masse zu einem schön cremigen Eis.

Derartig gestärkt, machte ich mich daran, das Video zu schneiden. Wie schon bei dem gemeinsamen mit Thomas war es ziemlich ungewohnt, mich selbst auf Video zu sehen. Aber nach einer Weile des Herumfrickelns mit der Videobearbeitungssoftware verging dieser Eindruck zum Glück wieder. Wie immer schnitt ich mein Logo von Schokoliebe mit hinein und fügte eine Textzeile hinzu: „Heute: Body Positivity" Sonst stand an dieser Stelle immer der Name des Rezeptes. Ich legte auch einen Audiotrack mit der einleitenden Musik an, die immer zu Beginn meiner Videos zu hören war.

Nach dem Schneiden schaute ich mir das gesamte Video noch einmal an. Fehler konnte ich keine finden. Es war spät geworden, schon acht Uhr. Aber egal, ich war so im Flow, dass ich das Video an diesem Abend noch hochladen wollte. Das dauerte wie immer eine ganze Weile, weil es ein längeres Video war. In der Zwischenzeit sah ich mir im Fernsehen den Beginn eines Spielfilms an, eine romantische Komödie. Ach nein, das lieber doch nicht, zumal mich der männliche

4 Das Rezept findest du am Ende des Buches.

Hauptdarsteller auch noch ein bisschen an Thomas erinnerte.

Ich zappte mich durch die Kanäle, aber es kam nichts, was meine Aufmerksamkeit wirklich fesseln konnte. Schließlich ging mein Video online. Ich schrieb Jeanine eine Nachricht mit dem Link.

Toll, dass du das gemacht hast. Sehe ich mir gleich an, schrieb sie mir zurück.

Wenig später kam eine weitere Nachricht von ihr: *Mutig von dir. Ich drück dir die Daumen, dass es sich viele ansehen.*

Ich schrieb ihr zurück: *Danke. Schönen Abend noch und liebe Grüße an Matthias.*

Danach starrte ich ein weiteres Mal auf mein Video. Hoffentlich kostete es mich nicht zu viele Follower. Und vielleicht gab es ja dem einen oder anderen ein paar Gedankenanstöße in Sachen Body Positivity?

***

Eine knappe Woche später war der Stand der Dinge folgender: Auf Facebook hatte ich 168 Follower verloren. Ärgerlich war es auf jeden Fall. Aber da ich insgesamt mittlerweile rund 7.000 Follower hatte, war das zu verschmerzen. Auf Instagram und Twitter sah es mit diesen Zahlen ähnlich aus.

Außerdem grauste es mir vor den Kommentaren zu meinem Video. Am Abend als das Video online ging, war ich hin- und hergerissen. Sollte ich sie gleich lesen? Oder eher später? Meine Neugier war stärker als ich. Die ersten Kommentare lasen sich positiv.

Hey, starkes Video! Bin auch für Body Positivity!

Oh, damit habe ich nicht gerechnet. Finde ich aber gut. Mach weiter so. Und ich freu mich schon auf deine nächsten Rezepte.

Ich hab auch ein paar Pfunde zuviel. Und wen das stört, der kann mir gestohlen bleiben.

Im Verlauf der Woche war auch einiges an negativen Kommentaren hinzu gekommen.

Wie kann man ernsthaft mit so einer Figur Back-Videos machen?

Das sind doch alles Kalorienbomben. Kein Wunder, dass du so aussiehst.

Hier mischte sich allerdings jemand anderes ein und schrieb: *Das weißt du doch überhaupt nicht. Vielleicht backt Sarah jede Woche Kuchen und bringt den dann ihren Kollegen mit?*

Daraufhin schrieb ich selbst: *Du hast es erraten. Die Kuchen und Kekse, die ich backe, verschenke ich meistens. Es wäre ja viel zu viel für einen allein.*

Vielleicht solltest du mal überlegen, ob du nicht eher auf gesündere Ernährung umsteigst, riet mir eine andere Nutzerin. Das war zumindest noch nett gemeint.

Ich schrieb ihr zurück: *Ich achte durchaus auf eine gesunde Ernährung. Was ich hier backe, das ist nur ein Sahnehäubchen, das ich mir gelegentlich gönne. Und wie ich weiter oben schon schrieb, ich esse das ja nicht allein.*

Andere Kommentare waren weniger wohlwollend.

Boah, das geht ja gar nicht! Mädel, warst du in letzter Zeit mal auf der Waage?!

Wenn ich eins nicht leiden kann, sind das fette Frauen, die auch noch Süßkram futtern.

Was soll das denn?! Das hier ist ein Back-Blog, warum jetzt so ein Video? Na, egal, dann schau ich mir lieber andere Back-Blogs an.

Ein weiterer Kommentar bestand einfach aus einem Kotz-Emoji, das dreimal hintereinander auftauchte. Und es gab noch mehr, die dann teilweise auch auf die anfänglichen negativen Kommentare antworteten und sich ebenfalls über mein Video aufregten oder sich lustig machten.

Mir sank das Herz. Ich war versucht, die negativen Kommentare allesamt zu löschen. Aber das würde nichts bringen. Manche von diesen Hatern würden einfach nicht locker lassen und wieder etwas schreiben. Ebenso wenig würde es etwas bringen, hier in eine Diskussion einzusteigen, denn schließlich hieß es nicht umsonst, *Don't feed the trolls.*

Deshalb ließ ich diese Kommentare einfach stehen, auch wenn sie mir in der Seele weh taten. Stattdessen antwortete ich auf das neutrale oder positive Feedback und bedankte mich auch.

Später scrollte ich durch meine Facebook-Timeline und betrachtete auch den Fanpages-Feed. Da ich mittlerweile Thomas' Blog folgte, fiel mir ein Beitrag von ihm ins Auge:

Hallo Leute,

leider kann ich in nächster Zeit keine Videos für meinen Blog erstellen, denn ich habe mir einen Bänderriss zugezogen. Laufen und Sport ist erst mal auch nicht drin. Das wird hart für mich, aber da muss ich durch. Ich werde natürlich weiterhin Beiträge schreiben, nur eben erst mal keine Videos. Morgen gibt es hier einen neuen Artikel von mir zum Thema Superfoods.

Das überraschte mich. Ich überlegte kurz und schrieb dann: *Gute Besserung. Es freut mich für dich, dass deine Freundin sich um dich kümmern kann.*

Einige Zeit später, als ich es mir gerade mit einer Tasse Tee gemütlich machen wollte, gab mein Smartphone einen Ton von sich und ich las seine Antwort: *Wie meinst du das denn bitte? Ich bin Single.*

Das war seltsam. Ich hatte ihn doch erst vor kurzem mit seiner Freundin am Bahnhof gesehen. Oder waren die beiden gar nicht zusammen? Dabei hatten sie so vertraut miteinander gewirkt…

Entschuldigung, da habe ich wohl was missverstanden, schrieb ich.

Kurz darauf textete er mir über den Messenger. *Hallo Sarah, was sollte das denn eben?*

Ich hab dich neulich am der S-Bahnstation vom Hauptbahnhof gesehen, mit einer Frau mit viel Gepäck...

Oh, ach so. Das war meine Ex. Sie musste für ein paar Tage beruflich nach Hamburg und hat bei mir übernachtet. Sie wohnt eigentlich in Berlin. Aber wie gesagt, es ist meine Ex und ich bin Single.

Tut mir leid, schrieb ich ihm zurück. Um meinen Fauxpas wieder gut zu machen, setzte ich noch einen drauf. *Falls du Hilfe brauchst, wegen dem Bänderriss meine ich, sag mir gern Bescheid. Ich schau dann, ob ich Zeit habe.*

Danke. Mir haben schon ein, zwei Freunde Hilfe angeboten. Aber vielleicht komme ich drauf zurück.

Alles klar. Gute Besserung!

Danke. Schönen Abend noch.

Dir auch.

Damit endete unsere Unterhaltung vorerst. Ich vermutete, dass er sich eh nicht bei mir melden würde.

Kapitel 8

Pattys Besuch bei mir hatte ich gerade erst überstanden, was mir immerhin eine Freikarte für die Messe „Gesund + Aktiv“ beschert hatte, die sich mit Gesundheitsthemen und Sport für alle Altersklassen befasste. Eine super Gelegenheit, mich über Neuigkeiten und Innovationen aus diesen Bereichen zu informieren. Also nahm ich jede Menge Flyer und Broschüren mit, die ich mir später in aller Ruhe anschauen wollte.

Aber kurz darauf schneite eine mittlere Katastrophe in mein Leben: Ich hatte im Treppenhaus zwei Stufen auf einmal nehmen wollen, aber dann war ich mit dem Fuß an der Kante einer Stufe abgerutscht und die Treppe heruntergestürzt. Ich hörte ein merkwürdiges Geräusch, fast wie ein zurückschnappendes Gummiband.

Ich versuchte zwar aufzustehen, aber es tat höllisch weh. Ich versuchte es noch einmal, aber es war nichts zu machen. Mir wurde klar, dass ich einen Arzt brauchte. Schließlich hatte ich in meiner Fortbildung zum Fitness-Trainer einiges über Sportverletzungen gelernt.

Mein nächster Gedanke war, die Notrufnummer 112 zu wählen, aber dann fiel mir ein, dass die Sanitäter ja nicht ohne weiteres ins Haus kommen konnten. Also blieb mir nichts anderes übrig, als laut um Hilfe zu rufen. Tatsächlich hörte mich meine Nachbarin Susanne und kam mit ihrem kleinen Sohn auf dem Arm die Treppe herunter. Ich erklärte ihr, was passiert war. Sie versprach, den Notarzt zu verständigen und ihm die Tür zu öffnen. In der Zwischenzeit merkte ich, dass mein Knöchel mehr und mehr anschwoll.

Im Krankenhaus erklärte mir der Arzt nach dem Röntgen, ich hätte einen Bänderriss. Ich würde eine Schiene, Krücken und Schmerzmittel bekommen, außerdem müsste ich den Fuß viel hochlagern und kühlen. Sport sei für die nächsten sechs bis acht Wochen völlig undenkbar. Was für ein Mist, ich würde also nicht im Fitness-Club arbeiten können. Da ich dort freiberuflich tätig war, gab es natürlich auch keine Lohnfortzahlung im Krankheitsfall, wie es bei Angestellten in der Regel der Fall war. Zum Glück verdiente ich ja auch ein bisschen nebenbei mit meinem Blog und hatte einiges angespart, also würde ich nicht auf dem Trockenen sitzen. Aber ich würde gut daran tun, in den nächsten Wochen jeden Cent einzeln umzudrehen.

Der Arzt erkundigte sich, ob ich es mit den Krücken allein nach Hause schaffen würde. Ich war mir nicht sicher, ob ich damit und mit den Schmerzen die öffentlichen Verkehrsmittel benutzen können würde, also gönnte ich mir den Luxus, ein Taxi zu nehmen. Zum

Glück war es nicht allzu weit vom Krankenhaus bis zu meiner Straße.

Zu Hause fühlte ich mich wie ein Fisch auf dem Trockenen. Was sollte ich bloß mit all der Zeit anfangen? Als erstes telefonierte ich mit meinem Vorgesetzten Markus im Fitness-Club.

„Oh, das ist ja ärgerlich. Aber gute Besserung. Ich schau mal, dass wir so lange für dich einen Ersatz finden. Sechs Wochen, sagst du?"

„Ja, leider." Dass es auch acht Wochen werden könnten, sagte ich lieber erst mal nicht.

„Mach dir keinen Kopf. Ich werde mal Louis fragen, ich glaube, der hat noch Kapazitäten frei. Oder Simone, die hat mich neulich schon gefragt, ob sie noch einen Kurs übernehmen könnte. Wir kriegen das schon hin. Und wenn du wieder fit bist, steigst du wieder ein."

Das zumindest war eine Erleichterung. Ich bedankte mich bei Markus und legte auf. Als nächstes schrieb ich einen Beitrag in meinem Blog und schilderte meine aktuelle Situation. Das führte zu Dutzenden von Genesungswünschen und einem Missverständnis mit Sarah bezüglich Patty, was ich dann aber in einer Messenger-Unterhaltung aufklären konnte. Seltsam, wie war Sarah nur auf die Idee gekommen, Patty und ich könnten noch zusammensein? Sie hatte uns doch nur ganz kurz am Bahnhof gesehen. Versteh einer mal die Frauen...

Später humpelte ich zum Bücherregal. In den letzten Monaten hatte ich praktisch ausschließlich Sachbücher und Zeitschriften zum Thema Healthy Living und gesunder Ernährung gelesen. Aber zwischen all diesen Büchern entdeckte ich einen Thriller, *Der Nachtmanager* von John Le Carré. Ich las nur selten Romane, meistens war ich dafür zu unruhig und bewegte mich lieber. Aber das fiel ja nun flach. Den Thriller hatte ich vor einiger Zeit aus einer Laune heraus auf einem Flohmarkt mitgenommen und war bisher noch nicht dazu gekommen, ihn zu lesen. Jetzt hatte ich Zeit genug, also machte ich es mir auf dem Sofa bequem, legte das verletzte Bein mitsamt Schiene hoch und begann zu lesen. Außerdem sah ich mir die Broschüren und die Flyer an, die ich auf der Messe mitgenommen hatte.

Später, als ich in die Küche humpelte, fiel mir ein weiteres Problem ein: Mir fehlten einige Nahrungsmittel, aber wie sollte ich einkaufen gehen? Selbst mit einem Rucksack war das nicht einfach, es würde eine Tortur werden. Zum einen wegen der Schmerzen, die auch mit dem Schmerzmittel nicht völlig verschwanden, zum anderen wegen der Stützen, die ich im Krankenhaus bekommen hatte.

Ich überlegte, wen ich anrufen könnte. Marek hatte beruflich viel zu tun. Timo und Svenja, die mich neulich zu ihrer Hochzeitstagfeier eingeladen hatten wohnten weiter weg, in Wandsbek. Ich wollte sie nicht extra herbeimühen.

Gregor war gerade mit seiner Frau im Urlaub auf Teneriffa. Dann fiel mir Fabian ein, der ebenfalls in Altona wohnte. Einen Versuch war es wert. Mittlerweile war es Mittag, mit etwas Glück würde ich ihn in seiner Pause erwischen. Ich hatte Pech und erreichte nur seine Mailbox. Dafür meldete er sich zwanzig Minuten später.

Ich klagte ihm mein Leid und erkundigte mich, ob er für mich etwas einkaufen könnte.

„Kein Problem. Eigentlich wollte ich eh morgen einkaufen, aber das kann ich auch heute nach der Arbeit machen. Was brauchst du denn?"

Ich überlegte kurz. Mit dem Bänderriss würde ich nicht lange in der Küche stehen und kochen können. Also würde ich zumindest teilweise auf Fertiggerichte zurückgreifen müssen. Ich zählte Fabian einiges auf: Gemüse für eine Rohkostplatte und vegetarische Tiefkühl-Pizza. Außerdem bat ich ihn, zu schauen, ob er ein, zwei vegane Suppen finden würde.

„Ich schaue mal, was ich finde. Das Geld lege ich dir erstmal aus, kannst du mir dann geben, wenn ich vorbeikomme."

„Dankeschön."

Wieder ein Problem weniger, zumindest vorerst. Ich sah zu dem Thriller hinüber, der auf dem Wohnzimmertisch lag. Den würde ich ein anderes Mal weiterlesen, stattdessen machte ich den Fernseher an und betrachtete die Auswahl an Filmen und Serien meines Streaming-Anbieters. Früher hatte ich die große Auswahl toll gefunden, mittlerweile hatte ich oft die Qual der Wahl. Ich fand eine Buddy-Komödie um drei Singles. Etwas Lustiges zum Aufmuntern war gewiss nicht verkehrt. Nach zehn Minuten gab ich es allerdings auf, die Witze waren mir zu flach und die

Schauspieler agierten ziemlich übertrieben. Stattdessen schaute ich in eine Krimiserie rein und blieb dann für eine Weile daran hängen. *Oh Mann.* Das würden lange sechs Wochen werden…

Kapitel 9

Schon vor einer Weile hatte ich mich für einen Back-Workshop für Modetorten angemeldet. Zum Glück war der Termin nicht mit meiner Erkältung kolidiert, das hätte mich sehr geärgert. Der Workshop fand in einer Kochschule in Winterhude statt, die öfters Kurse für Kochen und Backen anbot. Ich hatte sie online gefunden, als ich nach Back-Kursen googelte.

In der Kochschule gab es eine große Küche mit zwei Backöfen, großen Arbeitsflächen und genug Platz für alle Teilnehmer. Die Workshop-Leiterin stellte sich als Franziska vor und begrüßte uns mit einem freundlichen Lächeln. „Es freut mich, dass ihr da seid. Unser Thema heute sind ja Modetorten. Die sind eine Kunst für sich. Sie verlangen Kreativität, Präzision und handwerkliches Geschick. Und je nachdem, was man genau kreiieren möchte, können sie recht zeitaufwändig sein. Lasst uns mal schauen, was wir heute zustande bringen."

Franziska teilte uns in Zweier-Teams auf. Einige der Leute kannten sich bereits und arbeiteten zusammen. Meine Partnerin, Katharina, war eine hochgewachsene dunkelhaarige Frau, die etwas heiser war.

Mir war an diesem Tag überhaupt nicht nach Backen zumute, nicht nach der Katastrophe mit Thomas' Video. Und dabei hatte ich mich so auf diesen Workshop gefreut. Ich war nicht ganz bei der Sache und musste mich zwingen, mich auf Franziskas Worte zu konzentrieren.

„Bevor wir starten, erzähle ich euch erst mal einiges, was wir beachten müssen", begann sie. „Der Teig an sich ist bei den Modetorten meistens ähnlich wie bei anderen Torten – da gibt es alle möglichen Varianten. Wichtig ist, dass die Masse ingesamt fest sein sollte, auch wenn es sich um verschiedene Schichten handelt. Reine Sahneschichten gehen nicht, weil sie zu feucht und weich sind. Stattdessen arbeiten wir bei solchen Torten mit Buttercreme, Swiss Merengue oder Ganache. Jetzt im Workshop werden wir mit Buttercreme arbeiten. Ansonsten hat man nämlich Schwierigkeiten mit dem Dekor, also dem Fondant oder Marzipan, mit dem die Torte am Ende versehen wird."

Sie hielt kurz inne und strich sich eine Haarsträhne hinters Ohr. „Also, ich meine, man kann durchaus eine Creme mit in den Teig einarbeiten, aber auch diese darf nicht zu weich sein. Ich habe euch hier einige Bilder mitgebracht von verschiedenen Teigen…"

Sie zeigte groß ausgedruckte Fotos herum. Darunter war eine Schichttorte, bei der jede Schicht anders eingefärbt worden, so dass sie praktisch einem Regenbogen glich. Ganz schön bunt, bestimmt ein Hit zum Christopher Street Day, oder auf Kindergeburtstagen. Aber es gab auch andere Torten, mit weniger Schichten, die auch nicht ganz so bunt aussahen. Mir lief jedenfalls das Wasser im Mund zusammen.

„Man schichtet abwechselnd Boden und Buttercreme, bis die gewünschte Tortenhöhe erreicht ist“, erklärte Franziska. „Und ganz wichtig: Danach stellt man die Torte für einige Zeit kalt, damit die Masse schön fest wird. Anschließend streicht man mit einer Winkelpalette das Äußere der Torte ein, so dass sie komplett eingedeckt ist und nichts anderes mit dem Fondant in Berührung kommt außer die Buttercreme. Danach kommt die Torte idealerweise für eine Nacht in den Kühlschrank, damit die Masse richtig schön durchhärten kann, und so machen wir es auch. Also, ihr seht schon, das Ah und Oh für diese Torten ist Kühlung.” Sie machte eine kurze Pause und sah in die Runde. „Habt ihr das soweit verstanden?”

Ein allgemeines Nicken war die Antwort.

„Prima. Morgen geht es dann mit dem Fondant weiter, aber ich erzähle euch schon jetzt ein bisschen dazu. Wenn wir eine Torte mit Fondant verkleiden wollen, gehen wir so vor: Als erstes stäuben wir die Arbeitsfläche mit Bäckerstärke ein und danach rollen wir den Fondant darauf aus.”

Sie unterstrich ihre Worte mit passenden Gesten. Das sah ein wenig ulkig aus, aber es verdeutlichte, was sie erzählte. „Der Fondant sollte vorher erst einmal richtig schön weich geknetet worden sein und nach dem Ausrollen eine runde Form haben. Die muss natürlich etwas größer sein als die eigentliche Torte, damit noch genug Fondant für den Tortenrand da ist. Dann rollen wir das Ganze mit einem Ausrollstab auf und platzieren den Fondant mittig auf der Torte. Anschließend müssen wir die Oberfläche glätten und die Luft rausstreichen."

Sie zeigte uns weitere Fotos von diesen Arbeitsschritten. „Dann glättet man die Seiten und schneidet unten die Reste ab. Ihr seht schon, hierfür braucht man einiges an Fingerfertigkeit, und es ist auch ein bisschen Übungssache. Ganz zum Schluss glättet man den Fondant dann mit zwei Fondantglättern und formt mit diesen die obere Kante möglichst exakt. Das zeige ich euch später noch an einem praktischen Beispiel. Übrigens sollte Fondant nicht allzu lange im Kühlschrank gelagert werden, also auch nicht, wenn er schon auf der Torte ist, da hier die Gefahr besteht, dass er feucht wird und das führt bei dieser Zuckermasse dann zu einer unerwünschten Klebrigkeit, beziehungsweise er kann auch einreißen."

Franziska zeigte weitere Bilder herum, die allerlei buntes Dekor zeigten: Blumen, Sterne und auch kleine Figuren. „All das hier habe ich aus Fondant geformt. Und das werden wir auch heute schon machen, damit das Dekor Zeit hat, durchzuhärten. Es gibt verschiedene Arten von Fondant."

Sie deutete auf einige Packungen, die auf der Arbeitsfläche lagen. „Hier haben wir den klassischen Rollfondant. Der wird zum Überziehen der Torten verwendet. Dann haben wir hier den Modellierfondant, daraus können wir alle möglichen Figuren gestalten. Und dann haben wir noch die Blütenpaste. Diese lässt sich ganz hauchdünn ausrollen, deshalb wird sie gern für die Gestaltung von Blumen und anderen zarten Gebilden verwendet. Das alles werden wir nachher ausprobieren, wenn wir die Tortenböden gebacken und die Schichten gemacht haben. Ach ja, und ganz wichtig ist noch eines: Fondant braucht zum Verarbeiten Zimmer-temperatur, ansonsten lässt er sich nicht gut verarbeiten. Und falls er zwischendurch rissig wird, macht man sich am besten ein bisschen Öl auf die Finger, zum Beispiel Kokosöl. Wasser auf keinen Fall, das bekommt dem Fondant gar nicht, wie ich schon vorhin erwähnt habe."

Franziska lächelte in die Runde und fuhr fort: „So, nun habe ich ja ganz viel erzählt, nun geht's ans Praktische. Starten wir mit dem Teig."

Der Workshop machte mir richtig Spaß, auch wenn es für mich ungewohnt war, mit einem Partner zu backen. So war es mir schon während des Videodrehs mit Thomas gegangen, und auch mit Katharina ging es mir ähnlich. Ich machte mehrere Fotos unserer Arbeitsschritte, denn natürlich wollte ich später auch in meinem Blog etwas dazu posten. Ich fragte Katharina, ob sie etwas dagegen hätte.

„Mach ruhig", sagte sie. „Solange ich nicht im Bild zu sehen bin. Ich schau mir deinen Blog gern mal an."

„Danke dir." Ich schrieb ihr die Webseiten-URL meines Blogs auf einen Zettel.

Vor dem Workshop hatte ich nicht geahnt, wie aufwändig die Herstellung von Modetorten war. Das nötigte mir einigen Respekt ab. Ich würde mich in meinem Blog weiterhin auf gewöhnliche Kuchen, Kekse und Torten konzentrieren, so viel war klar. Auch die waren oft schon aufwändig genug. Aber es konnte ja trotz allem nicht schaden, sich ein bisschen weiterzubilden, was das Backen anging.

Am Nachmittag des zweiten Workshoptages konnten wir dann nicht nur das Ergebnis unserer stundenlangen Vorarbeiten bewundern – was ebenfalls zu vielen weiteren Fotos führte – sondern auch davon kosten. Eigentlich waren diese kleinen Kunstwerke viel zu schade, um sie anzuschneiden. Aber sie waren ja nun mal zum Essen da. Spontanen Beifall bekam die Torte eines anderen Teams, denn sie hatten aus Fondant einen dreidimensionalen, bunten Blumenstrauß geformt, der auf der Torte aufgetürmt war. Das allein war ein Heidenaufwand gewesen. Ich hatte sie dabei beobachtet, wie sie die Blumen einzeln geformt hatten.

Die Torte, die Katharina und ich gebacken hatten, war nicht ganz so aufwändig dekoriert. Wir hatten uns für ein maritimes Thema in blau und weiß entschieden. Auf der Torte lagen ein blauer Anker und einige Fische auf weißem Grund. Es schmeckte sehr gut. Allerdings auch nicht besser als so manches, was ich bisher gebacken hatte. Also lag der Vorteil der Modetorten vermutlich in der besonderen Optik und weniger im Geschmack.

Einen Tag nach dem Workshop rief mich Bernd aus heiterem Himmel an. Keine SMS, sondern ein richtiger Telefonanruf. Ich konnte die Nummer erst gar nicht zuordnen. Als ich seine Stimme hörte, ließ ich vor Schreck fast das Telefon fallen.

„Bernd, das ist ja eine Überraschung!“, rief ich. „Wie geht es dir?“

„Muss ja, nich?“ Das war Bernds Standard-erwiderung, daran erinnerte ich mich noch.

„Und wie geht es deiner Freundin?“ Diese Frage konnte ich mir nicht verkneifen.

„Keine Ahnung. Wir haben uns getrennt.“

Ich brauchte einen Moment, um diese Nachricht zu verdauen. Bernd und ich waren vor zwei Jahren wegen dieser Frau auseinandergegangen und hatten seitdem praktisch so gut wie gar nicht mehr miteinander gesprochen. Unsere letzte Begegnung in der Stadt war rein zufällig gewesen. Warum meldete er sich ausgerechnet jetzt bei mir?

„Hör mal“, begann er. „Wollen wir uns mal treffen, in einer Kneipe oder so?“

Was sollte das werden? Wollte er mir am Ende gar sein Liebesleid klagen? Ich zögerte mit meiner Antwort.

„Um der alten Zeiten Willen?“, schob er nach.

Um der alten Zeiten Willen… Immerhin waren wir fast fünf Jahre zusammen gewesen. Vielleicht wollte er ein bisschen in Erinnerungen schwelgen? Wir hatten einige schöne Erlebnisse miteinander geteilt, wie zum Beispiel gemeinsame Urlaube. Ich konnte mir nicht helfen, sein Vorschlag machte mich neugierig, deshalb willigte ich ein.

Wir verabredeten uns für den übernächsten Abend auf ein Treffen in einer Kneipe im Schanzenviertel.

Die Straßen dort waren an diesem Abend voll wie immer, kein Wunder, schließlich war das hier eines der Szeneviertel der Stadt. Eine laue Brise wehte. Musik und Gelächter drangen an mein Ohr, während ich die Susannenstraße entlang in Richtung Schulterblatt ging. Viele Leute saßen draußen vor den zahlreichen Restaurants und Kneipen. Die Partygänger glühten hier sicherlich vor, bevor sie die Clubs in der Nähe oder auf St. Pauli unsicher machten.

Ich brauchte eine Weile, um Bernd in der Kneipe zu finden. Er hatte weiter hinten einen Tisch für uns besetzt und strahlte mich an, als sich unsere Blicke trafen. Ich hatte ihn ein bisschen anders in Erinnerung. Was hatte sich an ihm verändert? Ach ja, früher hatte er die Haare etwas länger getragen. Durch den kürzeren Schnitt wirkten sie nicht ganz so lockig. Außerdem schien er ein bisschen abgenommen zu haben, aber vielleicht täuschte ich mich auch.

„Hallo Bernd“, begrüßte ich ihn. Er stand auf und zog mich in eine Umarmung, als ob wir die besten Freunde seien. Das gefiel mir nicht, deshalb löste ich mich schnell wieder von ihm.

„Was darf's für euch sein?“, fragte der Kellner, ein Typ mit Tätowierungen auf den Armen und Piercings in den Augenbrauen.

„Ach so, ähm, möchtest du eigentlich lieber draußen sitzen?“, erkundigte sich Bernd.

Draußen war es noch voller als drinnen, darauf verzichtete ich lieber. „Ist schon gut“, sagte ich.

Ich bestellte mir einen Cocktail und Bernd entschied sich für ein Bier. Auch daran hatte sich also nichts geändert, denn ich wusste noch von damals, dass Bernd einem guten Bier gegenüber nie abgeneigt war.

„Ich muss sagen, ich war ein bisschen überrascht, als du dich bei mir gemeldet hast“, sagte ich.

„Weißt du, das war einfach so eine Idee, ich dachte, wir könnten uns mal wieder treffen, wo wir uns doch so lange nicht mehr gesehen haben“, erwiderte er. „Tut mir auch leid, dass ich mich so lange nicht gemeldet habe. Ich hatte einiges um die Ohren.“

Die gesamten letzten zwei Jahre? Wenn das stimmte, musste in seinem Leben ja alles drunter und drüber gegangen sein. Aber das sagte ich nicht, sondern gab nur ein unbestimmtes „So, so“ von mir.

„Was macht denn die Arbeit?“, erkundigte ich mich.

„Ach ja, läuft soweit.“ Bernd arbeitete im IT-Bereich, als Programmierer. Als wir noch zusammen waren, hatte er gelegentlich versucht, mir Details seiner Arbeit näherzubringen. Aber ich hatte meistens angesichts von Fachbegriffen und mathematischen Formeln nur Bahnhof verstanden, deshalb hatte er es irgendwann aufgegeben.

„Bei mir ist auch alles gut soweit, ich schubse Akten, wie immer. Na ja, ich mach natürlich noch andere Sachen auf der Arbeit, nicht nur das. Mein Blog läuft auch prima“, behauptete ich. „Ich war gerade auf einem Back-Workshop, das war sehr interessant.“ Ich erzählte ein bisschen von dem Workshop und den

Modetorten, die wir dort fabriziert hatten. Das Desaster mit dem Shitstorm erwähnte ich lieber nicht.

„Hört sich echt gut an“, sagte Bernd und lächelte. „Da wäre ich ja zu gern dabei gewesen. Zumindest für die Verkostung.“

Das war typisch für ihn, er war schon damals eine Naschkatze gewesen. Ich musterte ihn verstohlen und das erinnerte mich daran, warum ich mich vor so langer Zeit in ihn verliebt hatte. Er hatte so eine ruhige, gelassene Ausstrahlung, war mit sich und der Welt im Reinen. Zumindest im Großen und Ganzen. In seiner Nähe hatte ich mich damals von Anfang an sehr geborgen gefühlt. Zumindest bis zu dem Zeitpunkt, als ich von der Affäre mit seiner Kollegin Wind bekam.

„Und du bist also wieder Single? Wie ist es denn dazu gekommen?“, fragte ich, denn ich konnte meine Neugier nicht bremsen.

Ich musste einen Moment auf Bernds Antwort warten, denn in diesem Moment servierte uns der Kellner unsere Getränke.

„Kerstin ist weggezogen“, erklärte mein Exfreund mit bedauernder Miene. „Sie hat ein richtig gutes Jobangebot in Dortmund bekommen. Ihre Eltern leben da, das war für sie ein Grund, das Angebot anzunehmen. Wir haben es ein paar Monate lang mit einer Fernbeziehung versucht, aber das war für uns beide nichts. Leider.“

Er sah ziemlich geknickt aus. Einen Moment lang war ich versucht, einen mitfühlenden Kommentar von mir zu geben, aber dann musste ich daran denken, dass diese Kerstin der Grund war, weshalb er mir damals untreu geworden war.

Vier Monate lang hatte er es geheim gehalten. Die beiden hatten sich heimlich nach Feierabend bei ihr getroffen und er hatte mir gegenüber behauptet, länger arbeiten zu müssen. Bis zu jenem weinseligen Abend, als er mir alles gestanden hatte. Er hatte ein, zwei Gläser mehr getrunken als sonst und war plötzlich mit der Sprache herausgerückt, nachdem ich ihn gefragt hatte, ob er denn in Zukunft noch öfter Überstunden würde machen müssen. Himmel, war ich damals wütend auf ihn gewesen. Es war noch nicht einmal die Tatsache, dass er sich in eine Andere verliebt hatte, sondern dass er mich vier Monate lang belogen hatte.

„Tja, so läuft das manchmal im Leben, nicht wahr?“, sagte ich nun, ohne das kleinste Bisschen Mitleid. „Hättest du nicht auch nach Dortmund ziehen können?“, fiel mir als nächstes ein.

„Was soll ich denn da? Da kenne ich niemanden. Hier wohnen meine Familie, meine Freunde, der Job ist gut ...“

Ich zuckte mit den Schultern und saugte an dem Strohhalm in meinem Cocktail. „Na ja, war nur so ein Gedanke.“

Eine Weile lang schwiegen wir uns an. Die Gespräche der anderen Gäste und das Musikgedudel aus den Lautsprechern der Kneipe trat in den Vordergrund. Immerhin keine nervige Musik, sondern etwas zurückhaltendes aus dem Lounge-Bereich.

Mir wollte partout nichts Gescheites einfallen, von dem ich erzählen konnte. Wahrscheinlich hatten wir einander nach all der Zeit einfach nichts mehr zu sagen? Die Stille zwischen uns wurde mir unangenehm, deshalb erzählte ich von dem Bloggerevent, das ich demnächst mit Thomas besuchen wollte. Bernd stellte mir ein, zwei Fragen zu dem Programm dort, aber ihm war anzusehen, dass sich sein Interesse in Grenzen hielt.

„Gibt es so was eigentlich auch für IT-Leute? Solche Events oder Fortbildungen?“, fragte ich ihn.

Bernd schüttelte den Kopf. „Eher Fortbildungen würde ich sagen. Es ändert sich ja ständig etwas, neue Softwares erscheinen, neue Arten der Programmierungen … solche Sachen halt. Erinnerst du dich noch an unseren Urlaub in Paris?“

Der abrupte Themenwechsel verwirrte mich, aber ich ging darauf ein. „Ja klar. Das war heftig, als wir uns in Montmartre verlaufen haben.“ Wir waren wie die Bekloppten eine Stunde lang durch die Gegend geirrt, weil Bernd Stein auf Bein schwörte, dass seine Handy-App schon den richtigen Weg finden würde. Das Problem war allerdings, dass wir nach der falschen Straße gesucht hatten, die sich ganz ähnlich schrieb wie die, in der sich unser Hotel befunden hatte. Das war der Anlass für einen ziemlich heftigen Streit gewesen, aber wir hatten uns abends wieder versöhnt und den Tag in einem guten Restaurant ausklingen lassen. Warum kam er ausgerechnet jetzt mit Paris an? Im nächsten Moment erfuhr ich die Antwort darauf, denn er schwärmte von dem Besuch in einem Technischen Museum dort, dem *Musée des Arts et Métiers*.

Typisch für ihn, er war nun mal ein Technikfreak. Aber auch mir hatte der Besuch dort gefallen, ich hatte einiges über Ingenieurskunst, Technikgeschichte und noch manches mehr gelernt.

Als wir damals, ganz wie typische Touristen, den Eiffelturm besichtigten, hatte er mir einen Vortrag über dessen Bauweise und Geschichte gehalten. Die ganzen Einzelheiten hatte ich längst wieder vergessen, aber ich konnte mich noch daran erinnern, wie seine Augen damals vor lauter Begeisterung geleuchtet hatten.

Und auch jetzt schwelgte Bernd in Erinnerungen, die allerdings weniger mit uns, als mit den Sehenswürdigkeiten der Stadt zu tun hatten. Immerhin, das war nun ein Gesprächsthema, zu dem ich auch etwas beitragen konnte.

Aber dieses in Erinnerung schwelgen, was sollte das, nach all der Zeit? Warum dieses Treffen? Nachdenklich sah ich ihn an. Als nächstes schaute ich auf meinen Cocktail, den ich fast ausgetrunken hatte. Ich nahm mir vor, kein weiteres Getränk zu bestellen, sondern mich bald zu verabschieden.

„Und wie ist es bei dir so? Ich meine, triffst du dich gerade mit jemanden?“, fragte mich Bernd kurz darauf.

Im ersten Moment wollte ich den Kopf schütteln, aber dann fiel mir ein, dass das vielleicht keine gute Idee war. „Ja, schon“, behauptete ich und musste mit einem Mal an Thomas denken.

„Kenne ich ihn denn?", fragte Bernd. Sein Lächeln war verschwunden.

„Nein." Mehr sagte ich nicht dazu. Ich hoffte, er würde nicht noch mehr Fragen stellen. Im Zweifelsfall konnte ich so tun, als ob Thomas und ich was miteinander … nein, der Gedanke war absurd.

Bernd tat mir den Gefallen, nicht weiter zu fragen. Er wirkte noch geknickter als eben. Wieder schwiegen wir beide und ich trank hastig den Cocktail aus.

„War schön, dich wiederzusehen", behauptete ich anschließend. „Ich muss jetzt los, ich treffe mich noch mit einer Freundin."

„Oh, schon? Ach, das ist aber schade, ich hätte mich gern noch weiter mit dir unterhalten", sagte er. „Vielleicht ein anderes Mal?"

Ich brachte es nicht übers Herz, ihm schon jetzt abzusagen. Oder vielleicht war ich zu feige dazu. „Mal sehen", sagte ich unbestimmt.

Er sah mich mit so einem traurigen Hundeblick an. Richtig verletzt sah er aus. Himmel, was hatte er denn erwartet nach zwei Jahren Funkstille? Dass wir wie alte Freunde miteinander plauschen würden? Und warum hatte ich mich bloß auf dieses Treffen eingelassen?

Ich umarmte ihn rasch zum Abschied und war heilfroh, als ich die Kneipe und die fröhlich lärmenden Leute im Schanzenviertel hinter mir lassen konnte. Eines war mir auf jeden Fall klar geworden – ich hatte nicht mehr das geringste Interesse an Bernd. Nicht mal auf freundschaftlicher Basis. Abgesehen von einer

Handvoll Erinnerungen hatten wir uns nichts mehr zu sagen.

***

Zwei Tage später bekam ich auf der Arbeit eine Textnachricht von Thomas. *Hallo Sarah, steht dein Angebot mit der Hilfe noch?*

Klar, schrieb ich zurück. Und fügte in Gedanken hinzu, ‚Wenn es nichts zu Aufwändiges ist.' *Was gibt's denn? Ich schreibe dir später wieder, in der Mittagspause.*

Könntest du etwas für mich einkaufen?, schrieb er. *Ich meine Lebensmittel. Eigentlich wollte ich einen Freund fragen, der hat das vor kurzem schon gemacht, aber er ist krank und meine anderen Freunde sind entweder beschäftigt oder verreist.*

Das war nicht weiter schwer. In der Pause schrieb ich ihm zurück: *Kein Problem. Schreib mir einfach eine Liste, was du brauchst.*

Danke! Du rettest mir gerade den Tag.

Gern geschehen. Ich fügte einen lächelnden Smiley hinzu.

Kurz darauf erhielt ich seine Einkaufsliste, die größtenteils aus Obst und Gemüse bestand. Ach ja, kein Wunder, er war schließlich Veganer.

Erst später fiel mir ein, dass man sich mittlerweile von manchen Supermärkten Einkäufe liefern lassen konnte. Aber entweder war er noch nicht auf diese Idee gekommen oder scheute die Lieferungsgebühr. Ich hatte keine Ahnung, wie hoch diese war, da ich bisher noch nie auf solche Services zurückgegriffen hatte.

Abends nach dem Einkauf klingelte ich an seiner Tür. Wenig später öffnete er mir im zweiten Stock, auf zwei Gehstützen gestemmt.

„Moin, Sarah. Vielen Dank dafür." Er deutete mit dem Kopf auf den Einkauf.

„Kein Problem. Willst du es dir durchschauen, ob alles da ist?"

„Ja, gern. Stell es bitte in die Küche, auf den Tisch dort."

Ich packte alles aus und räumte auch gleich einiges in den Kühlschrank. Im Hintergrund lief der CD-Player, wenn auch leise. Ich erkannte Jack Johnsons Stimme.

„Prima, alles dabei." Thomas lächelte, und das ging mir runter wie geschmolzene Butter.

Er hatte wirklich schöne Augen, so ein Haselnussbraun irgendwo zwischen Braun und Grün ... Himmel, ich starrte ihn schon viel zu lange an und sah einen Moment lang peinlich berührt auf meine Schuhspitzen.

„Sag mal, wo ich gerade hier bin, kann ich dir beim Kochen helfen? Fürs Abendessen, meine ich?", fragte ich schließlich.

Er sah von mir zu dem Gemüse auf dem Tisch und wieder zu mir. „Ja, also, um ehrlich zu sein, das wäre mir tatsächlich eine Hilfe. Aber dann bestehe ich darauf, dass wir für uns beide kochen. Oder hast du andere Pläne fürs Abendessen heute?"

Ich schüttelte den Kopf.

„Prima. Was hältst du von einer Nudel-Gemüse-Pfanne?", fragte er.

„Das hört sich gut an."

„Dann schlage ich vor, du kochst die Nudeln und ich setze mich hier an den Tisch und schneide das Gemüse?"

Ich nickte. „Aber ich wasche es erstmal ab, dann musst du nicht hier zur Spüle humpeln."

„Alles klar."

Wenig später war das Gemüse fertig zum Schneiden und ich kümmerte mich um die Nudeln – Vollkorn-Fusili in Bioqualität. Ich sah zu Thomas hinüber, der am Tisch saß und wie ein Profi in hoher Geschwindigkeit Zwiebeln hackte, mit eingezogenen Fingern, um die Verletzungsgefahr zu verringern.

„Hast du mal Koch gelernt?", fragte ich ihn.

Er wischte sich über die geröteten Augen. Der Zwiebelsaft forderte offensichtlich seinen Tribut. „Nicht ganz, nur ein Kochkurs. Ist schon ein paar Jahre her. Als ich mit dem Bloggen angefangen habe. Hab da einiges an Tricks gelernt."

„Das sieht man", erwiderte ich lächelnd.

Rund eine halbe Stunde später saßen wir gemeinsam am Küchentisch und ließen uns das Essen schmecken. Die Nudeln waren mir gelungen, sie waren al dente. Die helle Sauce war auf Basis einer Sojacreme entstanden, die Thomas mit Kräutern und Gewürzen verfeinert hatte, so dass der leicht mehlige Sojageschmack gut überdeckt wurde.

„Also an veganes Essen könnte ich mich gewöhnen", sagte ich.

Thomas grinste. „Sag ich immer wieder, es gibt da wirklich leckere Rezepte. Möchtest du noch ein Glas Wein?" Er hatte uns einen veganen Rotwein geöffnet.

Ich schüttelte den Kopf. „Danke, der Wein ist wirklich gut, aber ein Glas reicht mir."

„Okay. Ach, was mir gerade einfällt, ich hab dein Body Positivity Video gesehen. Fand ich ziemlich stark."

„Danke. Ich hab allerdings einige Follower verloren…"

„Schlimm?"

Ich machte eine wegwerfende Geste. „Nicht, wenn man es mit der Gesamtanzahl meiner Follower vergleicht. Aber ärgerlich war es schon. Und ich hab halt auch einiges an negativen Kommentaren geerntet."

Thomas sah mich mitfühlend an. „Tut mir echt leid. Aber ich finde es trotzdem gut, dass wir dieses gemeinsame Video gemacht haben. Würde ich jederzeit wieder machen. Es gibt ja immer Trolle, die sich an wer weiß was festbeißen."

Das war allerdings wahr. „Da hast du vermutlich recht." Ich wechselte das Thema und erzählte von dem Back-Workshop.

Thomas hörte mir aufmerksam zu. „Ob man solche Torten auch in vegan backen kann?"

Ich musste einen Moment lang überlegen. „Die Workshop-Leiterin sagte, Fondant kann man auch selbst machen. Wenn es vegane Alternativen zu Gelatine gibt…"

„Ja klar, zum Beispiel Agartine", erwiderte er wie aus der Pistole geschossen.

Ich zuckte mit den Schultern. „Vielleicht geht es auch damit. Müsste man halt ausprobieren." Ich schenkte ihm ein Lächeln. „Beziehungsweise ich wette, es gibt bestimmt vegane Back-Blogs, die das schon getestet haben. Und was Marzipan angeht, das ist doch vegan, oder?"

Thomas rieb sich über die Bartstoppeln auf seinem Kinn. „Kommt drauf an. In manchen Marzipansorten ist Honig. Aber ansonsten, ja."

Ich wusste nicht, welcher Teufel mich ritt, als ich ihm die folgende Frage stellte: „Hey, wie wäre es, wir probieren das mal irgendwann aus? Nicht für unsere Blogs, einfach so?"

„Hmm, eigentlich keine schlechte Idee. Aber ich würde dann wenigstens gern Fotos machen, wenn schon kein Video. Und wenn es nicht gelingt, dann lassen wir es halt."

„Ja, ist gut", hörte ich mich sagen.

„Aber erst, wenn ich wieder vernünftig laufen kann", sagte er.

„Ja, das ist klar." Ich schaute auf unsere leeren Teller. „Danke für das Abendessen."

„Ach, was – ich hab zu danken." Er legte plötzlich die Hand auf meinen Arm. Es war nur ein kurzer Augenblick, doch die Berührung durchfuhr mich wie ein Stromschlag. „Echt", sagte er mit Nachdruck.

Ich schluckte. „Schon gut. Sag einfach Bescheid, falls du wieder Hilfe brauchst."

Er lächelte. „Danke."

Ich musste mich von seinem Gesicht losreißen, deshalb griff ich nach dem Geschirr. Zusammen mit dem Besteck räumte ich es in die Geschirrspülmaschine, dann verabschiedete ich mich von ihm, auch wenn ich gern noch länger geblieben wäre. Himmel, warum brachte mich dieser Mann nur so durcheinander?

Später, als es bereits Schlafenszeit war, stellte ich fest, dass ich nicht sonderlich müde war. Ich hatte das Gefühl, der Besuch mit Thomas könnte daran nicht ganz unschuldig sein. Eine Weile lang wälzte ich mich in meinem Kingsize-Bett von einer Seite auf die andere. Dann nahm ich den Vibrator aus meiner Nachttischschublade.

In meinen Bett-Fantasien tauchen meistens attraktive fremde Männer auf, gelegentlich auch Promis. Bei den Promis habe ich ein schlechtes Gewissen, dass ich sie so schändlich für meine Zwecke einsetze, aber manchmal drängen sich mir diese Bilder einfach auf. In dieser Nacht kamen mir keine Celebritys in den Sinn. Stattdessen tauchte plötzlich Thomas' Gesicht vor mir auf, während ich mir Entspannung verschaffte. Ich schrak zusammen. Puh, das war mir fast so unangenehm wie diese Promi-Fantasien. Ich war froh, dass er nie davon erfahren würde.

Thomas

Kapitel 10

„Hi. Hier sind deine Einkäufe", sagte Sarah, als ich ihr die Tür öffnete.

Zwei Wochen war es her seit ihrer letzten Hilfsaktion für mich. In der letzten Woche hatte Marek für mich eingekauft. Fast vier Wochen eierte ich nun schon mit dem blöden Bänderriss herum, aber langsam wurde es besser und seit einer Weile konnte ich auch wieder ohne die Stützen gehen.

„Danke dir, das ist großartig. Ich freue mich schon aufs Kochen."

Sie lächelte mich an. „Ich auch. An was hast du gedacht?"

„Was hältst du von einem überbackenen Auflauf mit Kartoffeln?"

„Klingt gut. Aber … ohne Käse?"

„Das Rezept ist mit einer Art selbstgemachtem Käse-Ersatz, aus Mehl, Margarine, Hefe, etwas Salz, Senf und Wasser", erklärte ich.

Sie sah mich mit großen Augen an. „Oh, das weißt du auswendig?"

Ich zuckte mit den Schultern. „Ich hab das schon öfters gemacht, deshalb."

Kurz darauf bereiteten wir beide am Küchentisch das Gemüse und die weiteren Zutaten für den Auflauf vor.

„Ich möchte demnächst ein Blogger-Event in Berlin besuchen", erzählte ich ihr. „Es geht dort in erster Linie um Ernährung, Gesundheit und Wellness. Außerdem gibt es dort Vorträge zu allgemeinen Themen rund ums Blogging und auch zu finanziellen Aspekten. Es findet in drei Wochen statt, am Wochenende. Allerdings habe ich ein Problem."

Sarah hielt in ihrer Bewegung inne und legte das Messer ab. „Meinst du deinen Bänderriss?"

„Nein, das weniger. Bis dahin kann ich wieder genug laufen, dass ich das schaffe. Aber der Bekannte, mit dem ich eigentlich hin wollte, hat mir gestern abgesagt. Seine Frau hat ihr Kind bekommen, früher als erwartet. Und seitdem steht bei den beiden alles ein bisschen Kopf, wie man sich denken kann. Also, ich kann voll verstehen, dass er nun lieber zu Hause bleibt. Aber wir wollten uns ein Hotelzimmer teilen, das ist auch schon gebucht. Ich könnte es stornieren, aber dann müsste ich einen Teil bezahlen. Und er hat nun sein Ticket für das Event abzugeben." Ich räusperte mich und sah sie direkt an. „Du hast nicht zufällig Lust, mit mir dahin zu fahren?"

Sarah musterte mich überrascht. „Ich war noch nie auf so einem Blogger-Event, um ehrlich zu sein. Lohnt sich das denn?"

„Na ja, es gibt schon einiges an guten Vorträgen, zum Beispiel, wie man neue Kunden oder Follower für seinen Blog gewinnt. Und der Eintritt ist auch nicht so teuer, für beide Tage kostet es 75 Euro, und da sind

Getränke und ein Snack mit enthalten. Aber ich kann auch noch mal mit meinem Bekannten sprechen, ob er das Ticket für weniger abgibt. Außerdem lernt man da auch immer interessante Leute kennen. Ging mir jedenfalls bisher so."

„Das hört sich ja schon mal nicht schlecht an. Und wie kommst du nach Berlin?"

„Das ist kein Problem, ich kann mir das Auto von meinen Eltern leihen. Sie brauchen es an dem Wochenende nicht. Außerdem haben sie einen Tankgutschein gewonnen, und meinten, den kann ich verwenden. Also, falls du mitkommen magst, brauchst du kein Spritgeld zu bezahlen."

Nachdenklich sah sie mich an. „Hmm ... Ich kann das nicht so eben aus dem Stehgreif entscheiden, ich brauche ein bisschen Bedenkzeit."

„Kein Problem." Ich öffnete das Senfglas und rührte in einer Schüssel die Zutaten für den Käse-Ersatz zusammen. „Schau dir am besten mal die Webseite von dem Event an, und dann kannst du mir Bescheid sagen."

„Wie kommst du denn eigentlich auf mich?" Sarah begann, die Tomaten zu würfeln.

„Du bist die einzige Bloggerin in meinem direkten Umfeld, die das nicht nur hobbymäßig macht. Und ich dachte, bevor ich nun in einer Bloggergruppe anfrage, in der ich die Leute nur durch Online-Kontakte kenne..."

Sie strich sich eine blonde Haarsträhne hinters Ohr. „Ach so, verstehe. Ist gut, ich schau mir das mal näher an und werde es mir überlegen. Und dann schreibe ich dir."

„Prima. Und ich frage noch meinen Bekannten wegen dem Ticket." Ich erzählte ihr noch ein paar Einzelheiten zu dem Hotel, in dem ich ein Zimmer gebucht hatte. Es war nichts Luxuriöses, aber dafür in der Nähe der Event-Location.

„Daran soll es nicht scheitern", sagte sie.

Das ließ mich hoffen, dass ich nicht mit irgendjemanden, den ich kaum kannte, ein Zimmer teilen würde. Sarah kannte ich zwar auch nicht besonders gut, aber immerhin hatten wir uns schon einige Male gesehen. Die Bedenkzeit sollte sie auf jeden Fall haben.

Der Auflauf wurde so, wie ich ihn mir vorgestellt hatte – lecker und sättigend. So sättigend, um genau zu sein, dass ein beträchtiger Teil in der Backform zurückblieb. Mir war es recht, denn so würde ich den Rest einfach am folgenden Tag in den Ofen schieben können.

Nach dem Essen setzten wir uns noch mit einem Glas Wein ins Wohnzimmer.

„Darf ich mir mal dein Regal ansehen?", fragte sie.

„Ja, klar. Aber das sind vor allem Sachbücher."

„Das macht ja nichts." Sie stand auf und stellte sich vor das Regal. Einen Moment lang strich sie mit einem Finger über die Buchrücken, bis sie bei den Brettspielen verharrte. „Du hast *Siedler von Catan* für zwei Spieler? Das wollte ich immer schon mal ausprobieren, aber ich bin nie dazu gekommen."

„Das hat mir meine Ex geschenkt. Ist lange her, dass ich es zuletzt gespielt habe. Aber ich kann mich noch an die Regeln erinnern."

„Würdest du eine Runde mit mir spielen?"

„Können wir gern machen." Ich grinste siegesgewiss. „Aber bereite dich darauf vor, haushoch zu verlieren."

Allerdings hatte ich mich zu früh gefreut. Zwar kam Sarah anfangs noch durcheinander mit dem ständigen Drehen der Karten für die Vorratsstände der verschiedenen Rohstoffe, die für das Spiel eine Rolle spielten. Doch schon bald hatte sie den Dreh heraus und schlug mich ganz knapp.

Sie lachte. „Ich hab jahrelang die Version für vier Spieler gespielt, ich meine, damals als das Spiel rauskam."

„Wie alt warst du da?"

„Acht. Aber ich war damals schon clever", sagte sie fröhlich.

„Wenn wir uns demnächst mal wieder treffen sollten, verlange ich eine Revanche", sagte ich mit einem Grinsen.

„Da bin ich dabei", versprach Sarah.

„Hast du vielleicht Lust, dir mit mir noch einen Film anzusehen?“, fragte ich sie.

„Welchen denn?“

„Ich habe Netflix, da könnten wir mal stöbern“, schlug ich vor.

„Klar, warum nicht?“

Nach einer Weile einigten wir uns auf *My Big Fat Greek Wedding*, denn Sarah erzählte: „Den wollte ich immer schon mal sehen, ich hab ihn damals im Kino verpasst."

„Ich kenne ihn schon, aber ich würde ihn noch mal sehen, er ist ziemlich lustig." Ich verschwieg, dass er auch ziemlich romantisch war und ich ihn bereits zwei Mal gesehen hatte.

Kurz darauf saßen wir mit Wein und Salzstangen ausgerüstet auf der Couch und folgten dem turbulenten Liebesleben der Hauptfigur Toula, das bei uns einiges an Gelächter hervorrief. An einigen Stellen musste ich mir allerdings auch ein gerührtes Seufzen verkneifen und Sarah schien es ähnlich zu gehen.

Verstohlen sah ich sie von der Seite an und stellte fest, dass ich die gemeinsame Zeit mit ihr mehr genoss, als ich zugeben mochte. Oh Mann, sie war so ganz anders als Patty. Meine Ex hatte jeden Filmabend zunichte gemacht, weil sie ständig die Handlung, das Aussehen der Schauspieler oder noch andere Dinge kommentierte, die ihr auffielen. Sie konnte einfach nicht still sein. Sarah dagegen saß einfach da, schwieg und lachte an manchen Stellen. Das war mir viel lieber als jemand, der immer dazwischen quasselte.

„Danke für den schönen Abend", sagte sie später, als wir uns verabschieden.

„Danke auch", erwiderte ich und meinte es nicht nur als höfliche Floskel. Das Kochen, das Spielen und der Filmabend mit ihr hatten mir richtig Spaß gemacht und ich hoffte wirklich auf eine Revanche für das Brettspiel.

Sarah

Kapitel 11

Drei Wochen waren vergangen, seit ich Thomas zuletzt gesehen hatte. Und nun hatten wir sechs Uhr morgens, und das an einem Samstag. Viel zu früh für meinen Geschmack, aber immerhin stand Thomas und mir eine längere Autofahrt nach Berlin bevor. Nach einigem Hin- und Herüberlegen hatte ich mich bereit erklärt, ihn zu dem Blogger Event zu begleiten. Netzwerken und so. Schaden konnte es sicher nicht, auch wenn sich dort vermutlich eher Fitness-Fans als Genießer tummelten. Immerhin hatte sein Bekannter den Preis für das Ticket um zehn Euro reduziert und Thomas übernahm die Fahrtkosten. Ich würde die Hälfte zur Unterkunft beisteuern.

Ich klingelte bei ihm. Thomas wirkte noch etwas verschlafen und gähnte. „Moin."

„Hi. Du siehst müde aus", sagte ich frei heraus.

„Ich hab gerade erst einen Kaffee getrunken und warte noch darauf, dass er wirkt", sagte er und strubbelte sich über die ohnehin schon zerzausten Haare. Ich beneidete ihn um die leichte Sommerbräune, die er noch immer hatte, obwohl wir mittlerweile Herbst hatten. Sie stand ihm ausgezeichnet. Ich selbst hatte immer Pech, was das anging – statt braun zu werden, blieb ich entweder blass oder fing mir einen fiesen Sonnenbrand ein.

„Was macht dein Bänderriss?”, erkundigte ich mich.

„Viel besser. Ich kann auch wieder arbeiten. Zwar erst mal nur im Kraftraum, also ich meine, ich unterstütze da unsere Kunden und mache selbst noch keinen Sport, also kann ich noch keine Kurse anleiten. Aber ich mache zu Hause einiges an Übungen, um wieder Muskeln aufzubauen.”

„Das freut mich für dich.”

Wenig später packten wir beide unser Gepäck in das von seinen Eltern geliehene Auto, das am Ende der Straße parkte.

„Hast du an alles gedacht? Auch Visitenkarten für deinen Blog?”, fragte er.

„Ja, ich hab welche eingepackt.“

„Prima, dann lass uns starten.”

Wir beide waren nicht besonders gesprächig an diesem Morgen, stattdessen lauschten wir den Klängen aus dem Radio, das Thomas eingeschaltet hatte, um den Verkehrsfunk zu hören.

„Kennst du denn noch andere Leute, die auch hinfahren?”, fragte ich, als wir auf der Autobahn waren.

„Schon einige. Ein paar habe ich letztes Jahr dort kennengelernt, und die anderen kenne ich bisher nur online. Also hab ich nun Gelegenheit, sie auch mal ‚live und in Farbe’ zu sehen.”

„Das freut mich für dich.”

„Du wirst bestimmt auch nette Leute kennenlernen", sagte er und warf mir einen Blick zu.

„Na, mal sehen…", erwiderte ich unbestimmt.

Wenig später döste ich ein. Das passierte mir auf längeren Autofahrten häufiger. Es war mir jedes Mal peinlich, aber ich konnte wenig dagegen machen. Als ich wieder aufwachte, hielt Thomas an einer Tankstelle.

„Ich hätte gleich in Hamburg tanken sollen, hab nicht dran gedacht", erklärte er. „Auch noch einen Kaffee? Ich kann dir einen mitbringen."

„Danke. Ein Cappuccino wäre toll, falls sie welchen haben."

„Geht klar."

Wenig später pustete ich über den Milchschaum und verbrannte mir fast die Finger an dem heißen Pappbecher, deshalb holte ich ein Taschentuch aus meiner Handtasche und wickelte es darum.

Thomas war schlauer als ich, er hatte einen eigenen Kaffee-to-go Becher, vermutlich aus umweltfreundlichen Materialien, die sich nicht so aufheizten wie Pappe.

„So was sollte ich mir wohl auch mal zulegen", überlegte ich laut.

„Die gibt es mittlerweile in jedem Bio-Laden, in ganz verschiedenen Varianten, oder auch kleine Thermoskannen."

„Gut zu wissen."

Wir hatten schon fast die halbe Strecke hinter uns, offenbar hatte ich ziemlich lange gedöst, ohne es zu merken.

„Wann warst du denn das letzte Mal in Berlin?”, wollte Thomas wissen.

„Oh, das ist schon eine Weile her. Ich war mal vor ein paar Jahren da mit meiner Freundin Jeanine. Wir haben in einem Hostel gewohnt und tagsüber Sightseeing gemacht. Auf der Museumsinsel und so. Und abends sind wir tanzen gegangen. Na ja, nicht jeden Abend, aber halt schon einige Male.”

„Hört sich gut an.“

An diesen Ausflug erinnerte ich mich noch heute gern. „Ja, das hat richtig Spaß gemacht. Wir haben allerdings nicht viel Schlaf bekommen.“

Thomas grinste. „Das kann ich mir vorstellen.“

„Was machst du eigentlich so, wenn du nicht im Fitness-Club arbeitest oder was für deinen Blog machst?“, fragte ich ihn.

„Du meinst, ob ich Hobbies habe?“, erkundigte er sich.

„Genau das.“

„Ich gehe manchmal mit einem Freund geocachen.“

„Was ist das denn?“

„Hast du davon noch nie gehört?“, fragte er.

„Doch, aber ich weiß nicht mehr, was das ist.“

„Also, das funktioniert so … jemand sucht sich einen öffentlich zugänglichen Ort aus und ernennt diesen zum Geocache. Der wird dann in irgendeiner Form kenntlich gemacht. Manche vergraben an der Stelle zum Beispiel eine Schachtel, oder legen sie dort aus. Und dabei ist dann meistens ein Zettel, der darauf hinweist, was es ist. Also zum Beispiel, dass die Schachtel bitte an Ort und Stelle bleiben soll, weil sie Teil eines Spiels ist. Und mithilfe der Geodaten wird der Ort dann auf der Geocaching-Webseite eingetragen. Manche Geocaches sind ein bisschen aufwändiger, dort kann man dann etwas bestimmtes machen."

„Wie meinst du das mit den Geodaten?", hakte ich nach.

„Ich meine die genauen Koordinaten. Die kann man dann anhand eines GPS-Tracking finden. Das hat ja mittlerweile jedes Smartphone."

„Ach so, jetzt verstehe ich das. Und das macht dir also Spaß?"

„Ja, ich hab das eine Zeitlang sehr viel gemacht. Mittlerweile nicht mehr so oft. Man ist an der frischen Luft und es ist ein bisschen wie eine Schnitzeljagd."

„Verstehe. Das hat aber nichts mit Pokemon Go zu tun, oder?"

„Nein, das ist was anderes."

„Hmm..." Ich hatte weder für Schnitzeljagden noch Pokemon Go etwas übrig. Und mitten in der Stadt nach irgendwelchen Koordinaten zu suchen, erschien mir ebenfalls wenig reizvoll. Spazierengehen konnte man ja auch so. Aber diese Gedanken behielt ich lieber für mich, denn ich wollte Thomas nicht sein Hobby madig machen.

„Und was machst du so?“, fragte er mich.

„Ach, ich lese ganz gern.“

„Sachbücher oder Romane?“

„Romane. Und Backbücher.“

„Das ist nicht so meins“, erwiderte er. „Ich bin dazu zu unruhig, ich bin lieber in Bewegung. Aber als ich den Bänderriss hatte, habe ich immerhin einen Thriller gelesen, der stand schon länger bei mir im Regal.“

„Gehst du manchmal joggen?“, fragte ich. „Dann wären vielleicht Hörbücher was für dich.“

Er warf mir einen zweifelnden Blick zu, ehe er wieder auf die Straße schaute. „Ich glaube eher nicht. Beim Joggen höre ich lieber Musik, das pusht so schön.“

„Ach so. Na ja, es war nur eine Idee.“

„Und was für Romane liest du so?“

„Och, alles mögliche. Thriller, Krimis, manchmal historisches ...“ Ich zögerte. „Und gelegentlich Liebesromane.“

„Sind die nicht kitschig, ich meine, die Liebesromane?“, wollte er wissen.

„Kommt ganz drauf an. Manche ja, aber so was mag ich nicht so gern. Die sind dann manchmal unfreiwillig komisch. Ich lese lieber Liebes-Komödien, also Geschichten, in denen nicht alles so ernst ist.“

„Ach so, verstehe. Ich schau mir so was gern manchmal als Film an“, sagte er. „So was wie *My Big Fat Greek Wedding,* den wir neulich gesehen haben.“

„Tatsächlich?“

„Ja, warum nicht? *Vier Hochzeiten und ein Todesfall* habe ich fünf Mal gesehen.“

Das überraschte mich, aber ich behielt es für mich. Wir unterhielten uns noch eine Weile weiter über Filme. Ich hatte immer gedacht, Rom-Coms wären eher nichts für Männer, aber da hatte ich mich offensichtlich geirrt, denn Thomas fand daran offensichtlich Gefallen, sofern sie nicht kitschig waren. Sonst hätte er vermutlich auch nicht mit mir *My Big Fat Greek Wedding* gesehen.

„Ich mag auch sehr gern Sportler-Filme”, erzählte er. „Ist vermutlich kein Wunder bei meinem Beruf.”

„Meinst du denn bestimmte Sportarten?”

„Nein, das ist mir eigentlich gleich. Kann also alles mögliche sein – Baseball, Tennis, American Football, Tanzen oder noch andere.”

„Gelegentlich gibt es ja auch manchmal Liebesfilme, in denen Sport eine wichtige Rolle spielt”, fiel mir ein. „Zum Beispiel *Strictly Ballroom* oder ... wie hieß der noch gleich? Irgendwas mit Wimbledon.”

„Ich glaube, du meinst *Wimbledon – Spiel, Satz und … Liebe*.”

„Ja genau, das war’s.”

Wir sprachen noch über einen Kinofilm, der vor kurzem auf DVD herausgekommen war und der uns beiden gefiel. Darin gab es eine Szene, in der die beiden Hauptcharaktere sich zusammen einen Horrorfilm anschauten und dann einen gehörigen Schreck bekamen, weil während des Gewitters, das gerade wütete, der Strom ausfiel.

„Ich kann mir ja keine Horrorfilme ansehen“, sagte Thomas daraufhin. „Ich bin viel zu schreckhaft. Allein schon die gruselige Musik. Das kann ich nicht ertragen.“

„Als Teenager habe ich oft Horrorfilme gesehen“, gab ich zu. „Aber das galt damals bei uns als Mutprobe. Wer mitreden wollte, der musste sich dann die entsprechenden Schocker ansehen. Auch wenn die natürlich nur ganz spät im Fernsehen kamen. Ich hab mir auch manchmal mit einer Freundin die neuesten Horrorfilme aus der Videothek ausgeliehen und dann haben wir uns die Nächte um die Ohren geschlagen. Aber heute sehe ich so was selten. Vor allem nicht, wenn das nur auf Schockeffekte ausgelegt ist. Wahrscheinlich hab ich mich einfach daran sattgesehen.“

Während der restlichen Fahrt ging uns der Gesprächsstoff nicht aus. Thomas empfahl mir einige vegane Backbücher sowie Sachbücher über gesunde Ernährung. Er versprach, mir entsprechende Links zu schicken. Und ich wartete mit einigen Romantipps auf – Thriller vor allem. Für den Fall, dass er doch mal wieder einen lesen wollte.

In Berlin angekommen, kurvte Thomas nach den Angaben seines Navis quer durch die Stadt, bis wir das Hotel erreichten, in dem das Blogger-Event stattfand. Der Parkplatz dort war längst voll, deshalb schlug er mir vor, dass ich schon aussteigen könnte, während er nach einem Platz für das Auto suchte.

„Alles klar. Ich warte dann in der Eingangshalle auf dich.”

„Prima. Ich beeile mich."

Ich griff nach meiner Handtasche und stieg aus dem Wagen.

In der Eingangshalle herrschte ein ziemlicher Andrang, also reihte ich mich in die Schlange für den Kassenstand ein, um dort mein Ticket vorzuzeigen. Verstohlen beobachtete ich die Leute um mich herum. Wie ich vermutet hatte, lauter schlanke, strahlende Menschen, die sich vermutlich Wellness und gesunde Ernährung ganz groß auf ihre Fahnen geschrieben hatten. Ich fühlte mich dazwischen ein bisschen fehl am Platze. Ein Schild in der Halle wies auf das Event hin. Daneben hing auch ein Programmplan für den heutigen Tag mit den jeweiligen Räumen, in denen die Vorträge, Diskussionsrunden, Workshops und so weiter stattfanden.

Ich hatte den Plan bereits zu Hause im Internet durchgelesen und mir zwei, drei Programmpunkte herausgesucht. Alles konnte ich eh nicht sehen, weil sich einiges überschnitt. Aber schließlich waren auch nicht alle Programmpunkte für mich von Interesse. In zwanzig Minuten begann die Veranstaltung und ich hoffte sehr, dass Thomas es schaffen würde, bis dahin einen Parkplatz zu finden.

Eine halbe Stunde später stand ich noch immer in der Eingangshalle, die sich mittlerweile geleert hatte. Ich hatte ein Bändchen fürs Handgelenk bekommen, das mich als Besucherin der Veranstaltung kenntlich machte. Mein erster Programmpunkt würde allerdings erst in einer weiteren halben Stunde anfangen, also würde ich mir vorher noch ein kleines Frühstück gönnen. In Hamburg hatte ich so früh am Morgen noch nichts essen können, aber mittlerweile knurrte mein Magen. Da, endlich kam Thomas durch die gläserne Eingangstür, mit einer Umhängetasche. Ich winkte ihm zu.

„Sorry, aber die Parksituation hier in der Gegend ist echt besch… bescheiden." Er sah auf sein Handy. „Tut mir leid, ich muss gleich los, ich möchte mir einen Vortrag anhören über neue Trendsportarten und Wellness. Der hat schon angefangen. Möchtest du da auch hin?"

„Nein, ich hab mir was anderes ausgesucht, aber die fangen noch nicht jetzt an."

„Okay. Wir texten uns, ja?"

Ich nickte ihm zu und er ging zur Kasse.

In der Nähe hatte eine Bäckerei gesehen und vermutete, dass ein Frühstück dort günstiger sein würde als hier im Catering-Bereich, deshalb ging ich nach draußen.

Der Vortrag, den ich mir später als erstes ansah, beschäftigte sich unter anderem damit, was man als Blogger an rechtlichen Grundlagen beachten sollte, zum Beispiel in Sachen Marken- und Urheberrecht und welche Kennzeichnungspflichten es für bestimmte Blogbeiträge gab. Über letzteres kursierten im Netz allerhand Gerüchte und ich hatte dazu immer wieder gegenteilige Meinungen gelesen. Der Dozent war Rechtsanwalt im Medienbereich und kannte sich offensichtlich bestens aus mit dem Thema, außerdem beantwortete er geduldig alle möglichen Fragen dazu. Ich machte mir eifrig Notizen.

Später hörte ich mir einen Vortrag an zum Thema Food Fotografie. Das war ein schwacher Punkt bei mir – Essen so zu fotografieren, dass es appetitlich wirkte, war eine Kunst. Das bewiesen die unzähligen Schnappschuss-Fotos von Laien, die auf Instagram, Facebook etc. ihr Essen posteten. Wer sich davon abheben wollte, der musste schon ein paar Tricks drauf haben, zum Beispiel, wenn es um die richtige Beleuchtung ging. Da kam mir dieser Vortrag wie gerufen und auch hier schrieb ich eine Menge mit.

Ein weiterer Programmpunkt kam mir ebenfalls gelegen, es ging dabei um einen effektiven Umgang mit positiven und negativen Kommentaren. Hier wurde ich in dem bestätigt, was ich schon für mich beschlossen hatte: Die Dozentin empfahl das Motto *Don't feed the trolls*. Anstatt sich also mit Hatern herumzuschlagen, riet sie zu positiver Verstärkung, in dem man sich für positive Kommentare bedankte beziehungsweise je nach zeitlichen Kapazitäten auch im Einzelnen darauf einging. Und auch hier gab sie Tipps, wie man auf diese Kommentare angemessen reagierte, ohne dass es zu viel Zeit in Anspruch nahm.

Abends fühlte ich mich ein bisschen erschlagen von all den Eindrücken. Als das offizielle Programm beendet war, gab es noch ein Meetup im Restaurant des Hotels, das ebenfalls auf der Webseite angekündigt worden war. Thomas wollte daran teilnehmen und ich hatte mich ihm angeschlossen.

Unter den angebotenen Speisen des Buffets gab es auch einige vegane und ich probierte etwas davon.

Manches schmeckte ein wenig ungewohnt, aber nicht unangenehm. Ich rätselte einen Moment lang, kam aber nicht darauf, welche Gewürze hier wohl verwendet worden waren. Thomas unterhielt sich mit einigen Leuten, die er zu kennen schien, während ich den Gesprächen um mich herum lauschte. Ich konnte nicht wirklich mitreden, die Unterhaltung drehte sich um soziale Netzwerke wie Snapchat und Pinterest. Natürlich kannte ich diese dem Namen nach, nutzte sie aber nicht, weder zum Bloggen noch anderweitig. Aber es war trotzdem interessant, mehr darüber zu erfahren, schließlich wollte ich ja auf dem Laufenden bleiben.

Später wandte sich die Unterhaltung einem anderen Thema zu. „Ich kann das echt nicht verstehen, was manche Blogger abziehen", sagte meine Sitznachbarin, die sich als Carina vorgestellt hatte. „Ich meine, dieser ganze Konkurrenzkampf und wie sie über andere Blogger teilweise herziehen. Das schadet doch letztendlich allen nur."

„Das ist schon schlimm genug", stimmte ihr eine andere Frau zu. „Aber ich hab neulich von einer Bekannten gehört, dass ihr gesamter Blog einfach kopiert wurde, mitsamt Texten und teilweise auch Bildern. Der entsprechende Blog hatte dann praktisch nur einen anderen Namen und ein anderes Logo. Unglaublich, oder?"

„So was hab ich leider schon öfter gehört", sagte Carina. „Und was hat sie dann gemacht?"

„Also, sie lebt teilweise vom Bloggen, also hat sie einen Anwalt eingeschaltet. Der hat ihr dann zum

Glück auch weitergeholfen, aber es war ein teures Vergnügen."

„Morgen gibt es einen Vortrag zum Thema Blogger-Kooperationen", fiel mir ein. „Geht ihr da auch hin?"

Carina faltete einen Flyer auseinander, in dem der Programmplan zu finden war. Sie schüttelte den Kopf. „Das überschneidet sich mit einem Beauty-Blog-Workshop, da dürfen wir neue Makeup-Produkte testen."

Ich trank einen Schluck und nickte. „Verstehe." Beauty-Blogging war nicht so ganz mein Thema. Die Unterhaltung wandte sich dem Thema Fotos zu und den Vor- und Nachteilen verschiedener Kameras oder auch, wann ein Schnappschuss mit dem Handy nicht schaden konnte und wann ein profimäßiges Bild empfehlenswerter war. Ich musste wieder an den Vortrag über Food-Fotografie denken und freute mich schon darauf, die dort genannten Tipps auszuprobieren.

Später konnten Thomas und ich zu Fuß zum Hotel gehen, nachdem wir unser Gepäck aus dem Auto geholt hatten. Es war spät geworden, bei all den Gesprächen hatten wir beide irgendwann die Zeit aus den Augen verloren. Einige Gäste hatten noch immer im Restaurant gesessen, als wir aufgebrochen waren.

Die kühle Nachtluft und die Bewegung taten mir gut nach all dem Sitzen. Thomas ging etwas schneller als ich, deshalb passte ich mich seinem Tempo an.

„Wie fandest du es heute?", fragte er.

„Ich bin noch dabei, meine Eindrücke zu sortieren. Aber größtenteils hat's mir gefallen. Danke, dass du mich gefragt hast, ob ich mitkomme."

Er nickte lächelnd. „Das freut mich."

Wenig später standen wir in unserem Hotelzimmer und mit einem Mal fühlte ich mich beklommen. Ich hatte nicht mehr im selben Zimmer mit einem Mann geschlafen, seit ich mich von Bernd getrennt hatte.

Thomas riss mich aus meinen Gedanken. „Welches Bett möchtest du?"

„Das am Fenster, wenn es dir recht ist?"

„Klar, warum nicht. Oh, und ich warne dich lieber vor: Es kann sein, dass ich schnarche."

Ich zuckte mit den Schultern. „Kein Problem, ich habe Ohrstöpsel dabei."

„Ah, ich sehe, du hast dich auf alles vorbereitet." Er grinste verschmitzt. Irgendwie wurde ich das Gefühl nicht los, dass ich in dieser Nacht wenig Schlaf finden würde.

Kurz darauf ging ich zum Duschen ins Bad und zog anschließend meinen neuen Schlafanzug an. Es war einer von der süßen, aber völlig unsinnlichen Art, mit Blümchenmuster. Eigentlich trug ich fast nur kurzärmelige Nachtwäsche, allerdings sahen meine Oberarme darin nicht gerade vorteilhaft aus, deshalb hatte ich diesen langärmeligen eingepackt, den ich sonst nur im Winter trug.

Thomas grinste, als er mich darin sah.

„Was ist so komisch?", fragte ich irritiert.

„Ach, entschuldige, ich hatte dich nur nicht so als Blümchentyp eingeschätzt…"

„Ach ja? Wie sieht denn ein Blümchentyp deiner Meinung nach aus?"

Das Grinsen verschwand aus seinem Gesicht. „Sorry. War ein blöder Kommentar."

„Die Alternative wäre ein Aufdruck mit Einhörnern gewesen. Nichts gegen Einhörner, aber die sieht man in letzter Zeit ständig, das wäre mir zu viel geworden."

„Das ist allerdings ein Argument für die Blumen", sagte er. Einen Moment lang sah er aus dem Fenster, ehe er sich wieder mir zuwandte. Diesmal war seine Miene vollkommen ernst. Da war etwas in seinem durchdringenden Blick, das ich bisher noch nicht gesehen hatte. „Aber ich wollte dir noch was ganz anderes sagen…"

Mit einem Mal schien es im Raum wärmer geworden zu sein. Die Atmosphäre hatte sich verändert, aber mir war noch nicht klar, auf welche Weise. Mir wurde allerdings bewusst, dass wir allein hier waren, fern von all den Leuten, die das Blogger-Event besucht hatten. Ich schluckte. Was würde das nun werden? Meine Knie fühlten sich plötzlich butterweich an.

„Ich hab dich wirklich gern“, sagte er. Seine Stimme klang rau und samtig zugleich. Ich konnte mir nicht erklären, warum das so war. Atemlos lauschte ich seinen nächsten Worten. „Das wollte ich dir schon bei unserem letzten Treffen sagen, aber … na ja, irgendwie hab ich den passenden Zeitpunkt verpasst. Und ich freue mich, dass wir hier zusammen hergefahren sind."

Seine Hand streifte meine, ganz flüchtig nur. Meine Nackenhaare stellten sich auf, ein prickelndes Gefühl fuhr mir durch den Magen. Im nächsten Moment streichelten seine Finger meinen Handrücken. *Himmel…*

„Danke", stotterte ich. Ich war so perplex, dass ich kein weiteres Wort herausbrachte. Wir standen so nah voreinander, dass ich den Duft seines Aftershaves wahrnahm. Er sah mich unverwandt weiter an und machte einen Schritt auf mich zu. Ich musste mich zwingen, stehenzubleiben. *Diese Augen…*

Viele Leute sprechen ja gern von Schmetterlingen im Bauch. Aber als Thomas mich nun ansah, waren es bei mir keine dieser zarten, flatternden Insekten. Stattdessen sorgte ein heftiger Adrenalinschub bei mir für ein gewaltiges Kribbeln wie von Ameisen. Zugleich schoss mir die Hitze in die Wangen und noch in ganz andere Körperregionen. Ich war hin- und hergerissen – ein Teil von mir wollte aus dem Zimmer rennen. Ein anderer Teil konnte sich nicht von seinem Blick lösen und sehnte sich danach, die letzte Distanz zu ihm zu überwinden.

Aber ich hatte keine Zeit, weiter über meine widerstreitenden Gefühle nachzudenken, denn mit einem Mal ging alles ganz schnell. Er beugte sich vor, seine Augen kamen immer näher, so dass ich, einem Reflex folgend, meine eigenen schloss. Er küsste mich. Ein ganz sanfter Kuss, nur eine flüchtige Berührung meiner Lippen. So flüchtig, dass ich mir nicht sicher war, ob ich es mir eingebildet hatte. Aber nein, das konnte keine Illusion sein, ich schmeckte den Wein in seinem Atem. Ich löste mich von ihm, auch wenn es mir schwer fiel. Ich sah ihn an, forschte in seinem Gesicht nach seinen Empfindungen. Seine Augen wirkten dunkler als sonst. Er schwieg. Ich nahm all meinen Mut zusammen und küsste ihn ebenfalls.

Ich war im siebten Himmel, als er darauf einging. Er schlang seine Arme um mich. Mit einer Hand zerzauste ich ihm das ohnehin schon verwuschelte braune Haar. Dieser Kuss wurde so intensiv, dass mir fast schwindlig wurde. Seine Zunge erforschte meinen Mund, aber schon nach kurzer Zeit musste ich mich losreißen, ich bekam keine Luft mehr.

„Es tut mir leid ...", fing er an.

„Nein, nein, es ist alles gut. Ich musste nur Luft holen", sagte ich rasch.

„Oh. Ach so." Er lächelte erleichtert. „Ich dachte schon, ich wäre zu weit gegangen."

„Nein, das bist du nicht", versicherte ich ihm. Himmel, er hatte mich ganz schön überrascht. Ich hatte mich schon lange damit abgefunden, dass Leute wie er für mich im Grunde unerreichbar waren. Ob ich mich getäuscht hatte? Oder war das hier für ihn nur ein unwichtiges kleines Abenteuer? Aber hätte er mir dann gesagt, dass er mich gern hatte? Meine Gedanken rasten wie in einem Karussell. Wenn das so weiterging, würde ich uns beiden diesen Moment kaputt machen...

Thomas gähnte mit einem Mal. Oh je, das war bestimmt kein gutes Zeichen. Sicher wartete er darauf, dass ich etwas sagte?

„Entschuldige bitte. Ich merke gerade, ich bin müder, als ich dachte”, erklärte er stattdessen. „Es war ein langer Tag.”

„Ja, stimmt.” Mehr brachte ich nicht heraus. Noch immer hielt er meine Hand. Von mir aus hätte er sie bis zum Ende der Welt halten können…

Aber nun ließ er sie doch los. Stattdessen strich er über meine Wange, ganz zart. „Oh Mann. Es tut mir echt leid”, sagte er bedauernd. „Aber ich könnte im Stehen einschlafen. Vielleicht sollten wir das ein anderes Mal vertiefen ... wenn du magst.” Seine Worte hätten vielleicht verheißungsvoll klingen können, doch in dieser Situation wirkten sie auf mich wie eine kalte Dusche. Eben noch waren wir einander so nahe und jetzt ... Ich war so perplex, dass ich nicht wusste, was ich sagen sollte. Also nickte ich nur stumm.

„Schlaf gut, Sarah”, sagte er leise.

„D-du auch“, erwiderte ich mit einem leichten Stottern.

Thomas ging zu seinem Bett hinüber und machte es sich dort bequem. Er schaltete seine Nachttischlampe an. Ich löschte das Deckenlicht und ging ebenfalls zu Bett. Thomas sah noch kurz auf sein Handy.

Er gähnte ein weiteres Mal. „Ach, bevor ich das vergesse, soll ich für uns beide einen Wecker stellen?”

„Ja, das wäre gut.”

Wir einigten uns auf eine Uhrzeit und kurz darauf löschte er das Licht. An Schlaf war allerdings erst mal gar nicht zu denken. Wie waren wir mit einem Mal so weit gekommen? Klar, wir hatten uns einige Male getroffen, und er war mir sympathisch, aber ich hatte nie vermutet, dass er … Und was bedeutete das nun? Ich konnte immer noch nicht fassen, dass er offenbar Interesse an mir hatte. Vielleicht hatte ich ein ganz falsches Bild von ihm? Aber konnte das mit uns überhaupt etwas werden? Und noch ein anderer, hässlicher Gedanke kam mir. Was, wenn er heute abend einfach zu viel getrunken hatte und deshalb die Hemmungen verloren hatte? Und es sich dann letztendlich nach unserer Knutscherei doch anders überlegt hatte?

Aber nein, das konnte ich mir bei ihm nicht vorstellen. Außerdem hatte er wirklich müde ausgesehen. Das war sicher keine Ausrede gewesen. Oder irrte ich mich? Aber hätte er dann angedeutet, dass er die Intimitäten ein anderes Mal vertiefen wollte? Oder war das am Ende gar nicht ernst gemeint gewesen? Meine Gedanken überschlugen sich. Verflixt und zugenäht, vermutlich war es überhaupt keine gute Idee gewesen, sich mit ihm ein Zimmer zu teilen … Lauter Fragen, die mich eine ganze Weile wach hielten, während ich schon wenig später seine leisen, regelmäßigen Atemgeräusche hörte. Bis ich irgendwann doch vor Erschöpfung einschlief.

Kapitel 12

Am folgenden Morgen riss mich das schrille Gedudel meines Handy-Weckers aus dem Schlaf. Ich wälzte mich im Bett herum, tastete nach dem Gerät und das nervtötende Geräusch verstummte. Im nächsten Moment fiel mir alles wieder ein. Der Kuss. Am gestrigen Abend war er mir völlig richtig erschienen aber heute fragte ich mich, ob ich zu weit gegangen war.

Sarah regte sich in ihrem Bett, sie schlug die Augen auf.

„Guten Morgen", sagte ich betont munter, um meine Verlegenheit zu überspielen. „Möchtest du als erstes ins Bad?"

Einen Moment lang sah sie mich schlaftrunken an. Ihr blondes Haar war völlig zerzaust. „Ja, ist gut", sagte sie mit einem Gähnen, das sie hinter ihrer Hand versteckte.

Während ich allein im Zimmer war, versuchte ich meine Gedanken zu sortieren. Ich konnte nicht so tun, als sei gestern nichts zwischen uns vorgefallen. Wir mussten reden. Aber es war nicht viel Zeit, bis das heutige Programm des Blogger-Events starten würde. Immerhin, zum Frühstücken hier im Hotel reichte es.

„Hör mal, wegen gestern“, begann sie, während wir uns kurze Zeit später am Frühstücksbuffet unten im kleinen Speisesaal des Hotels bedienten. Der Raum war fast leer. Nur eine Familie mit Kindern und ein Geschäftsmann waren außer uns anwesend, saßen aber außer Hörweite. Ich schaufelte Obstsalat auf meinen Teller und griff nach einem Becher, um mir Kaffee einzuschenken.

„Es hat dir nichts bedeutet, nicht wahr?”, sagte Sarah zu meiner Überraschung.

„Nein, so würde ich das nicht sehen. Ich hab dich wirklich gern.” Ich zögerte und goss mir Kaffee ein. „Und ich würde dich wirklich gern besser kennen lernen. Vielleicht können wir mal zusammen ausgehen?”

Sarah blickte mich mit großen Augen an. „Ist das dein Ernst?”

„Ja, sicher. Warum denn nicht?”

„Ein Date also?”

„Ja. Wenn du magst.”

Ein weiterer Blick, mit dem sie mich forschend betrachtete. „In Ordnung. Was schwebt dir denn vor?”

„Hmm ... lass mich kurz überlegen.” In Hamburg gab es so viele Möglichkeiten auszugehen. Im Geiste spielte ich die Bars und Clubs durch, die ich kannte. „Kennst du die *Bar Lila*, auf St. Pauli? Da kann man übrigens auch tanzen.”

„Ja, die kenne ich. Ich meine, bisher nur vom Hörensagen. Aber ich tanze sehr gern.”

„Prima." Ich wollte schon einen Termin vorschlagen, aber dann fiel mir ein, dass ich dazu meinen Kalender konsultieren musste. „Lass uns später mal texten, damit wir einen Termin finden. Ich meine, wenn wir wieder in Hamburg sind."

Sarah strahlte mich an, ihre Augen leuchteten. „Aber gern doch.“

Später besuchten wir auf dem Event gemeinsam einen Vortrag zum Thema Blogger-Kooperationen. Wir setzten uns nebeneinander. Sie zückte ein Notizbuch und schrieb einiges mit. Der Dozent erklärte, wie man solche Kooperationen mit anderen Bloggern aufbauen konnte, was es dabei zu beachten gab – zum Beispiel, wenn es um das Urheberrecht ging – und worin der Vorteil solcher Kooperationen lag. Anschließend teilte er die Zuhörer in Themengruppen auf und lud ein zu einer Art Blogger-Speeddating: Jeder Teilnehmer hatte dabei fünf Minuten Zeit, seinen Blog und dessen Schwerpunkte vorzustellen. Auf diese Weise fand ich einen Blogger namens Stefan, der sich auf Yoga und Pilates spezialisiert hatte – bis hin zu der Kombination, die mancherorts als Yogalates bekannt war. Da mich beides ebenfalls interessierte, tauschten wir Visitenkarten aus. Stefan schlug vor, dass wir auf unseren Blog gegenseitige Gastbeiträge machen könnte. So etwas hatte ich bisher noch nicht gemacht und mir gefiel diese Idee sehr gut.

Nach dem Speeddating erzählte mir Sarah, sie hätte Kontaktdaten mit einer anderen Bloggerin ausgetauscht, die einen Blog für Kochen und Backen betrieb. Sie wollten gegenseitig Rezepte des jeweils anderen ausprobieren und auf dem eigenen Blog präsentieren.

„Prima, das freut mich für dich", sagte ich zu ihr.

Sie lächelte und mir fiel wieder einmal auf, wie fröhlich ihr Gesicht dadurch wirkte. Richtig ansteckend. „Und mich erst", sagte sie.

„Na, dann auf zum nächsten Vortrag."

An diesem Tag gab es noch einiges an Programm, was ich mir anhörte und auch Sarah war in den folgenden Stunden noch gut beschäftigt, wie sie mir später auf der Rückfahrt erzählte.

Mithilfe des Navis lenkte ich den Wagen aus der Stadt heraus, was gar nicht so einfach war. Eine Unterhaltung war dabei schlecht möglich, erst als wir auf der Autobahn waren, tauschten wir uns weiter über das Event aus.

„Danke übrigens noch mal, dass du mich zu dem Event mitgenommen hast“, sagte sie. „Ich fand einiges ziemlich interessant und hab ein paar neue Sachen aufgeschnappt. Und ich bin gespannt darauf, die Rezepte von Ellen auszuprobieren, weißt du, die Bloggerin, von der ich vorhin erzählt habe.“

„Das freut mich", sagte ich und schenkte ihr ein Lächeln.

Sie seufzte mit einem Mal.

„Alles in Ordnung?"

„Ach, ich dachte nur gerade, ich habe schon lange kein Date mehr gehabt. Ich meine, ich hab meine

Arbeit, das Blogging, meine Freunde… das hat mir in letzter Zeit so gereicht.”

Oh, das hört sich nicht gut an…

„Aber ich mache gern eine Ausnahme für dich”, sagte sie im nächsten Moment.

„Ich fühle mich geehrt”, sagte ich mit gespielt übertriebenem Ernst.

Später nickte Sarah wieder ein, wie es ihr schon auf der Hinfahrt nach Berlin passiert war. Ich hätte mich zwar gern weiter mit ihr unterhalten, aber so hatte ich Gelegenheit, meinen eigenen Gedanken nachzuhängen. Seltsam … wenn mir jemand vor wenigen Monaten erzählt hätte, ich würde mal eine so mollige Frau wie Sarah um ein Date bitten, hätte ich ihn vermutlich ausgelacht. Und dann war sie in mein Leben geschneit. Aber konnte das mit uns wirklich etwas werden? Ich musste wieder an meine Ex Patty denken, die so ziemlich das Gegenteil von Sarah war, in mehr als einer Hinsicht.

In Gedanken ging ich auch die Paare in meinem Freundeskreis durch. Die meisten hatten eine ähnliche Figur wie ihr Partner, da gab es kaum große Unterschiede. Aber vielleicht war das einfach ein Zufall? Sicherlich gab es auch Paare, bei denen einer schlank und der andere etwas übergewichtig war, oder der eine sportlich und der andere eher weniger. *Mensch, Thomas, du denkst schon wieder drei Schritte weiter,* schalt ich mich selbst. *Es geht doch erst mal nur um ein Date. Ihr seid nicht zusammen … noch nicht. Und wer weiß, ob überhaupt mehr daraus wird.*

Ich warf Sarah einen Blick zu. Vielleicht hatte sie gar kein ernsthaftes Interesse an einer Beziehung? Nach dem, was sie eben erzählt hatte, schien sie sich gut in ihrem Single-Leben eingerichtet zu haben. Und heutzutage war es doch kein Beinbruch mehr, alleinstehend zu sein.

Ich geriet ins Grübeln. Das Single-Dasein gefiel mir doch eigentlich auch recht gut. Was, wenn sich irgendwann herausstellte, dass wir überhaupt nicht zusammenpassten, oder wenn wir uns gegenseitig auf die Nerven gingen? Auf der anderen Seite hatte ich sie wirklich gern. Vermutlich war es das Beste, es langsam anzugehen und erst mal ganz unverbindlich zu bleiben...

Sarah

Kapitel 13

Verflixt und zugenäht! An dem Abend, an dem Thomas und ich uns verabredet hatten, lief einfach alles schief. Zuerst rief mich Jeanine an und wir quatschen uns fest. Bis ich mit einem Blick auf die Wanduhr im Wohnzimmer feststellte, wie spät es bereits war.

„Sorry, Jeanie, ich muss auflegen, ich habe noch was vor."

„Was ist es denn?" Neugierig wie immer, die Gute. Sie würde nicht aufhören zu fragen, bis ich es ihr haarklein erzählt hatte. Das kannte ich schon.

Deshalb machte ich es kurz. „Wenn du es genau wissen willst, ich habe ein Date."

Sie gab einen begeistert-quietschenden Laut von sich.

„Oh, das ist ja spannend. Wer ist es denn? Kenne ich ihn?"

„Ich erzähl dir später mehr, okay?"

„Och Mensch, komm schon!"

„Na, schön. Es ist Thomas."

„Welcher Thomas?"

„Der Fitness-Trainer mit dem Healthy Living-Blog."

„Mit dem du auf dem Blogger-Event warst?”, hakte sie nach.

„Genau der.”

„Also ich muss schon sagen, das hätte ich nicht gedacht. Aber ich wünsch dir viel Spaß“, sagte sie in verschwörerischem Tonfall. „Und tu nichts, was ich nicht auch tun würde.”

„Jeanie!” Musste ich sie erst daran erinnern, dass sie einen Freund hatte?

„Schon gut, du weißt, wie ich das meine. Wenn ich noch Single wäre…”

„Du bist unmöglich”, sagte ich lachend. Kurz darauf verabschiedeten wir uns und ich legte auf.

Als ich später zur S-Bahn ging, fegte ein kühler Wind durch die Straßen. In meiner Handtasche angelte ich nach einem der Hustenbonbons, die ich mir während der Erkältung besorgt hatte. Mist, ich hatte mein Handy nicht eingepackt! Das fehlte mir gerade noch, dass Thomas mich von unterwegs anrufen wollte, und ich nicht erreichbar war. Es half nichts, ich musste umdrehen, zurück zur Wohnung, während es immer später wurde. Vielleicht sollte ich einen Sprint einlegen? Nein, keine gute Idee, dann würde ich nachher verschwitzt und abgekämpft in der Bar auftauchen. Während ich noch darüber nachdachte, verspürte ich plötzlich ein seltsames Gefühl in meinem Fuß – ich war irgendwo festgehakt. Ich schaute nach unten und stellte fest, dass ich mit dem Absatz in eines der Löcher eines Gullydeckels geraten war. Der Absatz brach beim Versuch, ihn wieder dort herauszulösen, prompt ab.

So ein Mist! Ich hatte diese High Heels gerade mal vor drei Monaten gekauft. Ob der Absatz noch zu retten war? Ich würde mich wohl an einen Schuster wenden müssen.

Kurz darauf war ich wieder zu Hause. Dort betrachtete ich die Auswahl in meinem Schuhregal. Nach kurzem Zögern entschied ich mich für Stiefeletten mit etwas flacheren Absätzen. Die passten zwar nicht ideal zu meinem Kleid, andererseits war mir für diesen Abend die Lust auf High Heels gründlich vergangen.

Kurz darauf machte ich mich wieder auf dem Weg. In der S-Bahn waren schon einige Partygänger unterwegs, darunter kichernde, grell geschminkte Mädels, die wahrscheinlich gerade erst volljährig geworden waren. Ein säuerlicher Geruch nach Schweiß und Bier hing in der Luft des Abteils.

Im Stadtteil St. Pauli lief ich vorbei an bunten Neon-Lichtern, grell beleuchteten Schildern und Grüppchen von Nachtschwärmern, von denen sich manche laut unterhielten. Gelächter und stampfende Musik drangen zu mir herüber. Ich trat gegen eine Bierflasche, die vor mir auf dem Weg lag und wäre um ein Haar gestürzt, konnte aber mein Gleichgewicht wiederfinden. Rasch ging ich weiter.

Die *Bar Lila* machte ihrem Namen alle Ehre: die Wände waren lavendelfarben, die aufgehängten Bilder moderner Künstler zeigten Abstraktes in allen Farbschattierungen von Lila, Purpur und Magenta. Einige Sessel und ein durchgesessenes Sofa waren mit veilchenfarbenen Polstern bezogen. Weiter hinten gab es eine Tanzfläche und auch ein Pult für den DJ, der nun erst einmal relativ ruhige Lounge-Musik spielte – immerhin war es noch früh. Ich sah Thomas an der Bar sitzen, er winkte mir zu.

„Hallo Sarah, schön dich zu sehen." Er begrüßte mich mit einer Umarmung. Das hatte ich nicht kommen sehen, aber es gefiel mir mehr, als ich mir eingestehen wollte – mir wurde ganz warm und mein Herz klopfte mit einem Mal schneller. Ich roch sein Aftershave, ein herber Duft, der gut zu ihm passte.

Hoffentlich hatte ich nicht zu viel von meinem eigenen Parfum aufgetragen hatte. Zwar liebte ich dessen Duft, aber das ging ihm vielleicht ganz anders. Ich hatte schon mehr als einmal, zum Beispiel im Bus, in den Duftwolken von anderen Leuten gestanden, das konnte mitunter recht unangenehm sein.

„Möchtest du an einem Tisch sitzen?", fragte er mich und deutete auf einen der freien Tische hinter uns.

„Ja, gern. Es tut mir leid wegen der Verspätung", begann ich, doch er winkte ab.

„Kein Problem, ich hab mir einfach schon mal etwas zu trinken bestellt." Er deutete auf eine Bierflasche, die vor ihm stand.

„Alles klar." Eigentlich hatte ich von meinem Missgeschick berichten wollen, doch ich verzichtete lieber darauf, um nicht wie ein Volltrottel dazu stehen.

Ein Kellner kam zu uns und nahm meine Bestellung entgegen. In der Bar war noch nicht allzu viel los; vereinzelt saßen und standen einige Gäste hier, manche von ihnen machten wohl draußen eine Raucherpause.

Die Gespräche waren angesichts der Musik zu leise, um etwas davon zu hören, nur einzelne Wortfetzen drangen zu mir herüber.

Das brachte mich auf eine Idee. Ich sah mir die Gäste der Bar genauer an. In einer Ecke saßen drei junge Frauen mit quietschbunten Cocktails, die schon fast an Obstsalat erinnerten mit all den Obststücken, die an den Glasrand gesteckt worden waren. Die drei unterhielten sich kichernd und schienen sich prächtig zu amüsieren.

Am Tisch daneben saß ein Mann, der mich mit seinen langen grauen Haaren an einen alternden Hippie erinnerte. Er sprach mit einer etwas jüngeren Frau, mit der er Händchen hielt.

„Schau mal … die drei Mädels dort", sagte ich zu Thomas. „Was meinst du, worüber unterhalten die sich?"

Einen Moment lang sah er mich verständnislos an.

„Denk dir was aus", sagte ich mit einem verschwörerischen Schmunzeln.

„Ach so…" Er grinste und betrachtete die drei jungen Frauen. „Also … das sind drei Schauspielerinnen, die bald im deutschen Remake von *Sex and the City* auftreten. Und damit sie sich vor Drehbeginn erst mal besser kennenlernen, sind sie heute abend hier und geben sich die Kante. Und dabei lästern sie über die anderen Gäste hier in der Bar. So wie ich das gerade mache."

„Du hast dieses Spiel noch nicht oft gespielt, oder?", fragte ich ihn.

„Noch nie, um genau zu sein."

„Macht ja nichts."

Ein Lächeln zuckte um seine Mundwinkel. „Du bist dran."

„Na gut. Siehst du den älteren Mann dort mit der Frau? Er ist Amerikaner und war früher ein Hippie, hat sich aber nie von den langen Haaren trennen können. Er erzählt gerade von seinen Abenteuern damals in San Francisco, als er noch in einer Kommune am Stadtrand gelebt und zu viele Drogen genommen hat. Aber heute ist er so ein spießiger Investment-Banker oder so was, hat drei Kinder und eine ebenfalls spießige Frau und lebt in einem Reihenhaus. Die Frau, mit der er gerade Händchen hält, weiß davon aber nichts und hofft auf eine heiße Nacht mit ihm."

„Die könnte doch fast seine Tochter sein", protestierte Thomas.

„Na und? Wäre ja nicht das erste Paar mit einem großen Altersunterschied."

„Auch wieder wahr." Er lachte.

Später sprachen wir über unsere Blogs.

„Falls du noch mal ein Video zusammen mit mir drehen möchtest, das können wir gern machen", sagte er.

„Nach der Katastrophe neulich?", fragte ich ungläubig.

„Ach, weißt du, ich hab genug Follower. Wenn es manchen nicht passt, was ich mache, dann ist das halt so. Nach dem Event in Berlin habe ich mir jedenfalls vorgenommen, öfter mit anderen Bloggern zusammenzuarbeiten."

„Freut mich, dass du das so entspannt sehen kannst. Aber grundsätzlich gebe ich dir recht, Zusammenarbeit ist an sich eine feine Sache.“

„Na siehst du. Ich freue mich auch schon auf den Gastbeitrag von Stefan für meinen Blog. Das war der Blogger, den ich bei diesem Speeddating kennengelernt habe.“

„Du meinst den, der sich auf Yoga und Pilates spezialisiert hat?”

„Genau der“, erwiderte er.

„Das hört sich gut an.“

Unser Gespräch wurde durch den Kellner unterbrochen, der uns die Getränke brachte. Thomas hatte sich für ein Cider entschieden, ich für eine Piña Colada.

Später tanzten wir ein bisschen auf der kleinen Tanzfläche. Ungeachtet meines Übergewichts tanzte ich ziemlich gern und zappelte dann ohne Rücksicht auf Verluste einfach so herum, wie es mir in den Sinn kam. Schließlich sollte man so tanzen, als ob einem niemandem zusah. Zumindest hatte ich mal ein entsprechendes Zitat gelesen und mir gefiel diese Einstellung sehr gut. Thomas war etwas zurückhaltender, was das Tanzen anging, aber auch er war mit einiger Ausdauer dabei.

Zum Glück kam der DJ nicht auf die Idee, irgendwelche langsamen, romantischen Stücke zu spielen, die zu einem Engtanz eingeladen hätten. Das hätte ich mich dann doch nicht getraut. Mir stieg der Rum in meinem Cocktail zu Kopf. Bunte Lichter tanzten über uns und die anderen Tanzenden hinweg und mir wurde ein bisschen schwindlig. Deshalb bat ich um eine Pause.

Als wir an unseren Tisch zurückkehrten, war dieser von einem Paar besetzt. Ich überlegte schon, ob ich mit ihnen diskutieren sollte, da sagte Thomas zu mir: „Komm, lass uns an die Bar gehen."

Dort waren noch zwei Barhocker nebeneinander frei, auf denen wir es uns bequem machten. Diesmal bestellte ich mir einen alkoholfreien Cocktail. Die Musik war mittlerweile so laut, dass eine Unterhaltung fast unmöglich wurde. Wir versuchten es trotzdem, indem wir direkt in das Ohr des anderen sprachen. Ich deutete auf die Tanzenden. „Schau mal, die Frau mit dem pinken Top. Sie ist der Typ Ausdruckstänzer. Und der Mann mit dem hellblauen Hemd, das ist so ein richtiger ‚Hamburger Jung'. Für den ist es schon ein Tanz, wenn er ein bisschen mit den Füßen zuckt."

Thomas lachte.

Einem plötzlichen Impuls folgend, fragte ich ihn: „Hast du Lust, nachher noch mit zu mir zu kommen?"

Er lächelte. „Klar, warum nicht?", sagte er in mein Ohr.

Angesichts dieser Aussichten auf den späteren Abend hatte ich es mit einem Mal ziemlich eilig, meinen Cocktail auszutrinken. Thomas schien es ähnlich zu gehen.

Als wir später in der S-Bahn Richtung Altona saßen, befand sich uns ein Paar gegenüber, das hemmungslos miteinander knutschte. Ich wurde rot und wusste nicht, wohin ich schauen sollte. Thomas sah mich an und mit einem Mal mussten wir beide grinsen.

Wenig später waren wir in Altona und verließen die S-Bahn-Station. Auf dem Busbahnhof griff Thomas plötzlich nach meiner Hand und schenkte mir einen dieser bedeutungsschweren Blicke, der mir von unserem Ausflug nach Berlin bekannt vorkam. Erwartungsvoll sah ich ihn an.

Er ließ meine Hand los und legte die seine an meine Wange, ehe er mich küsste. Ich erwiderte den Kuss mit aller Leidenschaft, zu der ich fähig war, und er schlang seine Arme um mich. So blieben wir eine Weile stehen, engumschlungen. Wärme breitete sich in mir aus und ich fühlte mein Herz in der Brust donnern.

Es blieb nicht der einzige Kuss auf dem Heimweg, immer wieder blieb einer von uns stehen und die Knutscherei begann von Neuem. Wir kamen kaum noch voneinander los, höchstens um zwischendurch Atem zu schöpfen. Und ich hatte schon wieder weiche Knie.

Im Nachhinein wusste ich kaum, wie wir schließlich bei mir zu Hause ankamen. Gemeinsam stolperten wir die Treppe hinauf. In diesem Moment überholte uns ausgerechnet meine Nachbarin Frau Dövenstetter, eine ältere alleinstehende Dame, die bereits in Rente war. Warum sie zu so später Stunde noch unterwegs war, konnte ich mir nicht erklären. Vielleicht war sie erst jetzt von einem längerem Ausflug zurückgekehrt? Sie warf mir und Thomas einen missbilligenden Blick zu, wünschte uns aber immerhin eine gute Nacht, ehe sie an uns vorbei ging.

In meiner Wohnung knutschten Thomas und ich schon im Flur weiter, bis wir beide ziemlich außer Atem waren.

„Möchtest du einen Kaffee?", fragte ich.

Thomas' Antwort war ein Lachen. „Die klassische Frage, nicht wahr? Nein danke, so spät am Abend bekommt mir das nicht gut. Mir ist auch eher nach was Anderem zumute..."

„Und das wäre?", fragte ich, als ob es nicht offensichtlich wäre.

Seine Hand strich über meinen Hals, hinunter bis zum Rand meines Dekolletés, dann fasste er nach dem Stoff. „Darf ich?", fragte er leise.

Ich nickte nur und war in diesem Moment sehr froh, dass ich meinen besten BH angezogen hatte.

Er zog mir das Oberteil aus und ließ sich Zeit dabei. Seine Berührungen hinterließ bei mir ein Kribbeln auf der Haut. Ganz sanft streichelte er mich und hauchte mir Küsse aufs Dekolleté. Meine Beine drohten mir nachzugeben und ich atmete tief aus.

Ich wollte es ihm gleich tun und öffnete die ersten Knöpfe seines Shirts. Da von ihm kein Widerstand kam, fuhr ich fort, bis ich es ihm mitsamt dem Unterhemd ausziehen konnte.

Himmel... wie konnte irgendjemand nur so durchtrainiert sein? Aber das war schließlich auch kein Wunder bei seinem Beruf. Er war zwar nicht gerade ein Bodybuilder, aber angesichts seiner wohldefinierten Muskeln traute ich mich kaum, ihn anzufassen und wusste auf einmal nicht wohin mit meinen Händen.

„Was ist?", fragte er mich irritiert.

„Nichts", behauptete ich rasch. Ich beugte mich vor, überwand meine Scheu und streichelte ihn nun ebenfalls, während er mich ein weiteres Mal küsste. Meine Hand fuhr von seiner Brust über seine Schulter und auf seinen Rücken und auch dort fühlte ich die Muskeln, die sich unter seiner Haut bewegten.

Dann kam mir eine andere Idee. „Komm mit, ja?", forderte ich ihn auf. Er folgte mir ins Schlafzimmer, in dem ich die Nachttischlampe einschaltete. Dann machten wir dort weiter, wo wir im Flur aufgehört hatten: Wir zogen uns gegenseitig aus. Ich hatte ein bisschen Angst davor, nackt vor ihm zu stehen, aber die Nachttischlampe sorgte lediglich für ein gedämpftes Licht, das mich hoffentlich vorteilhaft erscheinen ließ.

Thomas schien sich an meinem Äußeren allerdings nicht im Mindesten zu stören, er starrte mich nicht an und hielt auch nicht inne, sondern streichelte mich einfach weiter. Schließlich schob er mich sanft, aber bestimmt auf das Bett und folgte mir. Seine Berührungen sandten wohlige Schauer über meine Haut und die Hitze in meinem Inneren nahm immer mehr zu. Mir war, als würde ich unter seinen Händen schmelzen.

Mein Herz klopfte immer schneller. Ich drängte mich an ihn und fühlte die Härte zwischen seinen Beinen, die leicht gegen meinen Bauch drückte. Mir brach der Schweiß aus, ich war völlig hin- und hergerissen zwischen Erregung und Nervosität. Eine hässliche Stimme in meinem Innern meldete sich zu Wort: *Bestimmt wird er gleich lachen und sagen, er hat noch nie eine so dicke Frau im Bett gehabt. Und dann wird er sich anziehen, dich allein lassen und das war es dann. Hast du wirklich geglaubt, du könntest einem Mann wie ihm das Wasser reichen?*

Das hatte mir gerade noch gefehlt, dass mir meine Selbstzweifel diesen wunderbaren Moment kaputt machten.

Thomas hielt plötzlich inne in seinen Liebkosungen. „Ähm…" begann er. *Oh nein.* Das war es dann also. Gleich würde er das sagen, was mir diese innere Stimme schon angedeutet hatte.

„Hast du was zum Verhüten?"

Mit der Frage hatte ich überhaupt nicht gerechnet, allerdings war sie mehr als naheliegend. Verdammt, daran hatte ich überhaupt nicht gedacht, als ich mich auf dieses Date vorbereitet hatte. Warum war ich nur manchmal so verpeilt?

„Nein. Tut mir leid. Ich nehme auch nicht die Pille."

Er rollte sich neben mich und sah mich bedauernd von der Seite an. „*Mir* tut es leid. Ich hätte dran denken müssen. Beziehungsweise vielleicht hätten wir zu mir gehen sollen, dort hätte ich was da gehabt."

„Du wolltest wirklich mit mir schlafen?", fragte ich mit heiserer Stimme.

Thomas nickte, sah mich ernst an. „Ja. Wenn du es auch gewollt hättest?"

Und wie. „Ja. Ich hätte nur nicht gedacht, dass jemand wie du…" Ich sprach den Satz nicht zu Ende.

„Was meinst du?"

„Na ja, also, ich hatte Angst, dass ich dir nicht gefalle, weil ich dick bin. Ich meine, schau uns an, das ist doch ein Unterschied wie Tag und Nacht."

Er lachte auf. Doch im nächsten Moment wurde er wieder ernst und sah mich eindringlich ein. „Ich mag dich wirklich gern. Gerade diese Kurven an dir, das gefällt mir sehr. Und dein Körper fühlt sich gut an. Ich mag das. *Wirklich.*"

Das sagte er mit soviel Nachdruck, dass ich ihm glaubte. Allerdings konnte ich es nicht so ganz fassen. „Und das ist auch nicht irgendso ein … Fett-Fetisch?", fragte ich zögernd.

Er lachte noch einmal. „Nein. Wenn es so wäre, dann wäre mir das bestimmt schon früher aufgefallen."

„Und was machen wir nun?"

„Hast du morgen schon was vor?", fragte er.

„Nein."

„Ich würde dich gern zum Abendessen einladen. Bei mir."

Mein Herz klopfte augenblicklich wieder schneller. „Das würde mich sehr freuen."

„Prima. Ich kann allerdings nur ein Reste-Essen machen, ich war heute nicht einkaufen und morgen ist ja Sonntag."

„Das macht doch nichts."

„Dann ist ja gut." Er beugte sich vor und küsste mich ein weiteres Mal. Dann flüsterte er in mein Ohr: „Auch wenn wir nichts zum Verhüten da haben … ich würde dich gern ein bisschen verwöhnen. Was hältst du davon?"

Ich war sprachlos. Aber es zeigte mir zugleich, dass er es offensichtlich wirklich ernst mit mir meinte.

Aber ich wollte nicht die einzige sein, die heute Abend noch Spaß im Bett hatte. „Wie wäre es, wenn wir uns gegenseitig verwöhnen?", schlug ich deshalb vor.

„Das hört sich gut an." Seine Hand wanderte über meine Brust den Bauch hinunter bis zu meinen Beinen. Ich tat es ihm gleich und vergaß die häßliche kleine Stimme in meinem Inneren. Mir wurde immer heißer, je mehr er mich berührte. Kein Wunder, dass es in einem alten Liebeslied hieß, „*You give me fever*". Genauso ging es mir gerade mit Thomas. Die Melodie des Songs, die mir eben durch den Kopf gegangen war, verflüchtigte sich wieder, meine ganze Aufmerksamkeit galt nun dem Mann vor mir. Thomas' kreisende Berührungen waren fest, doch nicht zu sehr. Er wusste genau, was er tat und die Hitze in mir breitete sich immer weiter aus, zusammen mit einem Kribbeln, das meinen Unterleib erfasste. Ich wand mich unter seiner Hand, wollte mehr, konnte es nicht erwarten. Es war wie ein Rausch. Thomas gab ein leises Stöhnen von sich, während ich ihn rieb und streichelte. Himmel, es war so lange her, seit ich mit einem Mann zusammengewesen war. Aber manche Dinge verlernt man schließlich nicht, zum Glück.

Ich sah ihn an und er erwiderte meinen Blick, die haselnussfarbenen Augen ganz dunkel.

„Fester", hauchte er und ich griff etwas stärker zu. Himmel, seine Berührungen brachten mich fast um den Verstand. Eine Welle der Erregung regte sich in mir, wurde rasch immer größer und auch ich begann nun hemmungslos zu stöhnen, drängte mich ihm weiter entgegen.

Thomas schrie auf, als er kam. Ein Zittern durchlief seinen Körper.

Meine eigene Erregung rollte über mich hinweg und riss mich mit sich fort, entfachte ein gleißendes Feuerwerk aus Empfindungen. Alle Gedanken verflüchtigten sich. Einen Moment lang war ich völlig außer mir, nur noch ein fiebriges Wesen aus überfließenden Emotionen, die in meinem Inneren explodierten. Sekunden später erfasste auch mich ein Zittern, als mein Höhepunkt allmählich verebbte.

„Wow…" sagte Thomas, doch es blieb bei diesem einen Wort.

„Das kannst du laut sagen", erwiderte ich. Wenn man das hier als Vorspeise deklarieren wollte, wie würde dann erst das Hauptgericht werden? Aber das sagte ich lieber nicht laut.

Einen Moment lang lagen wir einfach schweigend nebeneinander. Ich kuschelte mich an ihn. „Möchtest du hier übernachten?"

„Das würde ich eigentlich gern. Aber ich fürchte, ich könnte mich nur schwer zurückhalten … Und ich würde gern morgen früh joggen gehen. Ich muss nach dem Bänderriss wieder mehr Kondition aufbauen. Außerdem möchte ich in meiner Wohnung noch ein bisschen Klarschiff machen, bevor du abends zu mir kommst.”

„Kein Problem.” Ich ließ ihn zwar nur ungern ziehen, aber seine Argumente überzeugten mich. Auch ich würde nach dem, was wir gerade erlebt hatten, Schwierigkeiten haben, mich zurückzuhalten.

Kurz darauf küsste er mich im Hausflur zum Abschied. Ich hatte mir meinen Bademantel umgeschlungen, denn es war ein wenig kühl in der Wohnung.

„Wann soll ich morgen zu dir kommen?”, fragte ich.

Er überlegte kurz. „19 Uhr wäre perfekt.“

Ich nickte „Das klingt gut.“

Er hauchte mir einen Kuss auf die Wange und verließ die Wohnung. Ich starrte noch ein paar Sekunden lang gedankenverloren auf die Tür. Das war vielleicht sentimental, aber er fehlte mir jetzt schon.

In dieser Nacht wälzte ich mich in meinem Bett herum und konnte eine ganze Weile nicht einschlafen. Im Geiste ging ich noch einmal durch, was wir gemeinsam erlebt hatten. Ein Nachhall meiner Erregung kehrte zurück, mir wurde wieder warm. Es war fantastisch gewesen. Zwar waren wir nicht aufs Ganze gegangen, aber für den Anfang ... plötzlich stahl sich ein bedrückender Gedanke in mein Bewusstsein – was, wenn er es sich morgen anders überlegte, und mir mitteilte, dass unsere gemeinsame Nacht ein Fehler gewesen war?

Thomas

Kapitel 14

Ich schlief lange an diesem Sonntag und träumte von Sarah. Ich sage mal nur so viel, es war kein jugendfreier Traum. Was für eine Nacht ... Ich freute mich sehr auf unser Wiedersehen, konnte es kaum erwarten. Was hatte diese Frau bloß mit mir angestellt?

Ich stand auf, machte mir einen Kaffee und einen Smoothie aus Orangen, Banane und einigen Beerenfrüchten. Die Farbe änderte sich von einem Orangegelb zu einem gewöhnungsbedürftigen Rosa, aber egal, heute kam es mir schließlich nicht auf die Optik an. Langsam trank ich abwechselnd den Kaffee und den Smoothie, während ich meinen Blog am Notebook aufrief.

Meine Freude verflog schlagartig, als ich einen neuen Kommentar las.

Boykottiert diesen Blog! Thomas macht euch was vor – er schreibt über gesunde Ernährung und dann macht er ein Video mit einer Frau, die völlig ungesundes Zeugs backt und auch entsprechend aussieht! Es gibt echt bessere Blogs.

Das war noch nicht mal das Schlimmste – es hatten schon mehrere Leute geantwortet, die ins gleiche Horn stießen. Der reinste Rufmord … Ich schaute in meinem Youtube-Kanal, und dort zog diese Person, die sich *<3healthyvicky<3* nannte, dasselbe ab, bei dem Video, das ich mit Sarah zusammen gemacht hatte. Und nicht nur dort, sondern auch bei Instagram, Facebook und Twitter, wie ich nacheinander feststellte. *Oh Mann.* Die hatte es wirklich auf mich abgesehen. Und es würde nichts bringen, wenn ich ihre Kommentare löschte, sie würde höchstwahrscheinlich einfach weiter machen. Es sei denn, irgendein anderer unglückseliger Blogger erregte ebenfalls ihren Zorn.

Aber auf solch ein zweifelhaftes Glück wagte ich nicht zu hoffen. Ich hätte sie blockieren können, aber dann bestand die Gefahr, dass sie sich mit einem neuen oder einem Zweit-Account erneut in Rage schrieb oder andere dazu anstachelte, das zu tun.

Unter all den Kommentaren, die bereits zu ihrem geschrieben worden waren, gab es eine Handvoll, die mich verteidigten. Leider aber auch eine ganze Reihe, die offenbar dieser Vicky oder wie immer sie hieß, folgten und mich beziehungsweise meinen Blog herunterputzten, was das Zeug hielt.

Ich schaute mir meine Reichweite an – ingesamt hatte ich auf allen Kanälen rund 20 Follower verloren. Und das alles wegen dieser ätzenden Kommentare. Das war mir ja erst neulich so gegangen. War es vielleicht doch ein Fehler gewesen, dieses Video mit Sarah zu machen? Ich grübelte eine ganze Weile vor mich hin. Ich musste etwas unternehmen. Unbedingt, und zwar rasch. Es ging mir nicht mal darum, dass ich wieder Follower verloren hatte. Vickys Hasskommen-tare konnte ich einfach nicht so hinnehmen.

Das Klingeln des Telefons riss mich aus meinen Gedanken.

Meine Mutter war dran. „Thomas, es ist was passiert...“, begann sie mit zittriger Stimme.

„Was ist denn los?“

„Dein Vater… er ist im Krankenhaus. Er ...“ Sie schniefte. „Er hatte gestern einen Herzinfarkt. Kannst du kommen?“

Diese Nachricht traf mich wie ein Faustschlag. Mir blieb einen Moment lang die Luft weg. Ich umklammerte das Telefon. „Ja. Ja, natürlich. In welchem Krankenhaus ist er denn?“

„Im UKE[5], in der Notaufnahme. Ich bin schon hier.“

„Okay. Soll ich noch irgendetwas mitbringen?“

„Nein, schon gut.“

„Alles klar, ich beeile mich.“

Ich legte auf und ging in den Flur, um mir meine Schuhe und meine Jacke anzuziehen. Draußen, auf dem Weg zum Busbahnhof, rief ich Sarah an.

„Hör mal, es tut mir sehr leid, aber mir ist was Blödes dazwischen gekommen. Ein familiärer Notfall. Magst du ein anderes Mal zu mir kommen?”

„Oh … ja, okay.“ Sie hörte sich enttäuscht an, und ich konnte sie nur allzu gut verstehen.

„Wann würde es dir denn passen?”, fragte Sarah.

5 Gängige Abkürzung in Hamburg für das Eppendorfer Universitätsklinikum.

„Ich melde mich ganz bald bei dir, in Ordnung?"

Sie zögerte und ich fühlte mich wie ein Arsch, dass ich unser Treffen absagte. Aber ich musste zu meinem Vater.

„In Ordnung", sagte sie schließlich.

„Es tut mir leid", sagte ich noch einmal.

„Mir auch", sagte sie und verabschiedete sich.

Etwas mehr als eine halbe Stunde später stand ich am Bett meines Vaters im UKE, denn mit dem Bus 25 hatte ich direkt durchfahren können.

Mein Vater schlief. Wie verloren er aussah und noch dazu bleich wie die Wand. Meine Mutter saß neben ihm, mit verquollenen Augen. Im Hintergrund piepte ein Monitor, digitale Lichter blinkten, überwachten seine Körperfunktionen. Er hing an einer Infusion und hatte einen Katheter bekommen.

„Es kam ganz plötzlich, heute morgen hatte er Schmerzen“, erklärte meine Mutter. „Erst hat er sich gar nicht drum gekümmert, aber dann hat er es doch erwähnt. Ich habe erst neulich einen Bericht gelesen, was es für Anzeichen für einen Herzinfarkt gibt. Also habe ich darauf gedrängt, dass wir ins Krankenhaus fahren. Seine Schmerzen wurden immer schlimmer, deshalb hab ich den Notarzt gerufen. Sie haben eine Stentoperation durchgeführt.“

„Ist er denn jetzt übern Berg?“

„Also im Moment ist er stabil. Aber wir müssen abwarten, sagte der Arzt. Er wird hier ja rund um die

Uhr beobachtet. Auf jedem Fall steht ihm noch ein langer Weg bevor.“

Ich blieb noch eine Weile bei ihnen und sprach leise mit meiner Mutter. Später wachte mein Vater kurz auf und hob die Augenbrauen, als er mich sah, doch er brachte kein Wort heraus. Ich winkte ab.

„Schon dich lieber“, bat ich ihn.

Er nickte mir zu, doch selbst diese einfache Bewegung schien ihn anzustrengen.

Meine Mutter erkundigte sich wenig später nach meinem Befinden, wegen des Bänderrisses.

„Es ist schon viel besser geworden. Ich brauche die Gehstützen nicht mehr und ich kann auch wieder arbeiten. Zwar erst mal noch eingeschränkt, aber das wird schon wieder.”

„Das freut mich für dich. Ach, was wird nur werden mit Hannes ...” Das Gesicht meiner Mutter war grau vor Sorge.

„Ich komme morgen wieder her, versprochen.”

Nachdenklich machte ich mich einige Zeit später auf den Heimweg. Mehr als einmal hatte ich meinem Vater Tipps gegeben, was er verändern könnte, um gesundheitlich vorzusorgen. Bisher hatte er nicht auf mich gehört. Oder zumindest hatte er nichts weiter in dieser Richtung erwähnt. Er konnte ein ziemlicher Dickschädel sein. Allerdings war er bisher auch fast nie krank gewesen, abgesehen von einer gelegentlichen Magen-Darm-Grippe oder einer Erkältung.

Der Bus war angenehm leer und ich hing meinen Gedanken nach, während er durch Eppendorf und später

Eimsbüttel rumpelte. Vielleicht würde mein Vater nun doch einiges in seinem Leben ändern. Jedenfalls hoffte ich das. Wenn nicht ein Herzinfarkt ihn dazu bewegen konnte, was dann?

Als ich schließlich wieder zu Hause war, kam mir noch etwas anderes in den Sinn: der Boykott-Aufruf dieser Vicky. Auch darum musste ich mich kümmern. Noch einmal las ich mir die Kommentare durch. Und ich dachte auch an Sarahs Body Positivity Video. Vielleicht sollte ich auch ein Video aufnehmen, um der ganzen Kritik den Wind aus den Segeln zu nehmen? Oder einfach einen Text schreiben? Nein, ein Video war unmittelbarer, würde mehr Leute erreichen, lange Texte lasen sich die meisten heutzutage nicht durch, es sei denn, das Thema interessierte sie brennend. Aber hier ging es ja mehr oder weniger um mich selbst und nicht ein Healthy-Living-Thema.

Ich hatte eine Kamera, mit der ich einfache Videos selbst aufnehmen konnte. Ich legte mir einige Worte zurecht und verbrachte dann über eine Dreiviertelstunde damit, meine Kamera so einzustellen, dass ich scharf im Bild zu sehen war. Das Gefriemel nervte mich und als ich startklar war, hatte ich schon wieder vergessen, was ich sagen wollte.

Also ging ich noch mal in mich und setzte neu an. Nach fünf misslungenen Versuchen, in denen ich mich erst verhaspelte und dann um Kopf und Kragen redete, gab ich es auf. Vielleicht machte es Sinn, mir erst mal einen Text oder wenigstens Stichworte aufzuschreiben. Das Thema rieb mich zu sehr auf, ließ mich emotional werden. Kein Wunder, dass ich über meine eigenen Worte stolperte.

Trotzdem, irgendwie musste ich auf die blöden Kommentare dieser Vicky reagieren, und zwar schnell. Ich entschied mich für einen Kompromiss und schrieb den folgenden Beitrag.

Hallo ihr Lieben,

Viele von euch haben es schon mitbekommen, eine Nutzerin ruft aktuell dazu auf, meinen Blog zu boykottieren. Das mag auch im Zusammenhang stehen mit einem Video, das ich kürzlich gemeinsam mit einer anderen Bloggerin aufgenommen habe. Eigentlich wollte ich mich schon heute ausführlich dazu äußern, aber das war mir zeitlich nicht möglich. Ich schreibe aber sobald wie möglich noch einiges zu dieser Angelegenheit.

Dazu postete ich auf allen meinen Kanälen ein aktuelles Bild von mir, das wirkte persönlicher. Danach grübelte ich lange, wie ich diese ganze Geschichte am besten angehen könnte, aber etwas wirklich Zufriedenstellendes fiel mir nicht ein.

Sarah

Kapitel 15

Ich war mehr als geknickt, nachdem Thomas mir abgesagt hatte. Das setzte bei mir ein wild kreisendes Gedankenkarussell in Gang. Hatte er es sich anders überlegt? Wollte er mich nun nicht mehr sehen, war aber zu feige, mir das direkt am Telefon zu sagen? Aber konnte das sein, oder war hier einfach nur meine Einbildung am Werk?

Immerhin waren wir zusammen im Bett gewesen. Zugegeben, wir hatten nicht das volle Programm durchgezogen, wenn man so wollte, aber es war doch mehr als nur eine Knutscherei gewesen. Ein unangenehmer Gedanke kam mir – vielleicht hatte es ihm doch nicht gefallen und das war ihm später erst klar geworden?

Da war es wieder, mein alter Selbsthass meldete sich zu Wort, weil ich nun mal Übergewicht hatte. Hatte Thomas festgestellt, dass er doch eher auf dünne Frauen stand, als er mich nackt gesehen hatte? Er hatte mir zwar versichert, dass sich mein Körper gut anfühle. Aber das Fühlen war ja nur die eine Seite. Das andere war die Optik. Und was das anging, konnte ich nun mal mit schlankeren Frauen einfach nicht mithalten. Würde ich nun überhaupt jemals wieder von ihm hören? Dieser Gedanke fühlte sich schrecklich an.

Einen Moment lang war ich versucht, mich mit Backen abzulenken. Ich wollte ja eines von Ellens Rezepten ausprobieren und in meinem Blog präsentieren. Sie hatte es mir bereits gemailt. Aber ich hatte nur noch wenig Zutaten im Haus, wie mir ein Blick in meinen Vorratsschrank zeigte. Das Rezept würde ich also nicht ausprobieren können. Zu mehr als einfachen Brötchen reichten meine Vorräte nicht, aber darauf hatte ich keinen Appetit.

Kurz darauf fiel mir ein, dass ich Jeanine anrufen könnte, ob sie spontan Lust auf ein Treffen in unserem Lieblingscafé hatte. Also wählte ich ihre Nummer.

„Hallo Sarah, na, wie geht's dir?"

„Ganz gut", behauptete ich, denn ich wollte ihr nicht gleich am Telefon mein Leid klagen. „Hast du Lust, heute mit mir in Helges Café zu gehen? Auf einen Kaffee oder so?"

Helges Café war eines unserer Lieblingscafé in Ottensen. Es lag ein wenig abseits in einer Seitenstraße und ich hatte es vor längerer Zeit zufällig entdeckt.

„Da hast du Glück, Matthias und ich haben heute nichts weiter vor", erwiderte sie. „Können wir gern machen. Wollen wir uns so gegen halb vier treffen?"

„Perfekt. Ich freue mich. Bis dann."

Ich verbrachte die Zeit bis dahin damit, etwas für meinen Blog vorzubereiten und meine Zimmerpflanzen zu gießen. Außerdem schrieb ich eine Einkaufsliste mit den Zutaten für Ellens Rezept.

Bis zu Helges Café lief ich später zu Fuß. Auf diese Weise hatte ich gleich ein bisschen Bewegung. Ich fand Jeanine drinnen, sie hatte bereits einen Tisch mit zwei Stühlen für uns in Beschlag genommen. Mir war es recht. Sie stand auf und umarmte mich. „Schön, dich zu sehen."

Wir bestellten Kaffee und Kuchen. Beides war im Café immer ausgesprochen lecker und wir wurden auch diesmal nicht enttäuscht. Ich erzählte ihr von Thomas und mir, wobei ich nichts ausließ.

Jeanine strich sich über ihre dunklen Locken und machte große Augen. „Wow, das ist super. Oder … ist es das nicht? Warum machst du denn ein Gesicht wie drei Tage Regenwetter?"

„Heute vormittag rief er mich an und hat mich versetzt. Angeblich ein familiärer Notfall." Mir war zum Heulen zumute.

Jeanine tätschelte mir mitfühlend die Hand. „Oh je. Aber wenn es wirklich jemandem aus seiner Familie schlecht geht? Oder vielleicht ist jemand gestorben? Hat er denn gesagt, er würde dich gern ein anderes Mal treffen?"

„Ja, schon. Aber ich wette, das war einfach nur so dahin gesagt."

„Und wenn nicht? Wirf die Flinte noch nicht ins Korn, bestimmt meldet er sich noch bei dir", sagte sie mit Nachdruck. Ich wünschte, ich hätte einen solchen Optimismus aufbringen können.

„Und wenn das mit mir für ihn einfach nur so eine Art Experiment war? Einmal mit einer dicken Frau ins Bett gehen?"

Jeanine gab ein entrüstetes Geräusch von sich. „Ach, Sarah, so darfst du nicht denken. Ich kann mir das jedenfalls nicht vorstellen."

„Warum nicht? Heutzutage geht doch alles. Auch völlig unverbindlicher Sex, der nichts weiter bedeutet."

„Hmm..." Jeanine schwieg und sah mich nachdenklich an. „Na, ich hoffe, jedenfalls, dass sich das noch aufklärt. Sag mir Bescheid, was daraus geworden ist, ja?"

„Ja, okay."

Als nächstes sprachen wir über Jeanines Urlaubspläne. Sie wollte mit ihrem Freund im Herbst Madeira besuchen und dort wandern gehen. „Ich war noch nie dort, aber eine Kollegin hat mir davon vorgeschwärmt", erzählte sie.

Ich war nicht ganz bei der Sache, mir ging die Absage von Thomas immer noch durch den Kopf. Aber ich freute mich für Jeanine, die ihrem Urlaub sichtlich entgegenfieberte. Als ich an meine nächsten eigenen freien Tage dachte, wurde mir schwer ums Herz. Ich würde wieder mal allein sein. Ich war zwar an sich gern Single, aber im Urlaub war es anders. Vor allem auf Reisen, wenn ich um mich herum die glücklichen Paare oder die Familien mit Kindern sah...

In dieser Nacht schlief ich schlecht, außerdem schwitzte ich so sehr, dass ich mir eine dünnere Decke suchen musste. Morgens war ich dann so müde, dass ich ewig brauchte, um in meinen Tag zu starten. Meine Haare waren von der Nacht zerzaust und ich hatte Mühe, sie zu bürsten, weil sich darin ein, zwei Kletten festgesetzt hatten.

Kein Wunder, dass ich eine Viertelstunde zu spät zur Arbeit kam. Zum Glück war das nicht so schlimm, ich würde einfach etwas länger bleiben. Die Arbeit fiel mir schwer; aus Versehen löschte ich beinahe ein gerade bearbeitetes Dokument. Später kippte ich fast meinen Kaffeebecher in den Papierkorb, bekam ihn aber gerade noch zu fassen. Trotzdem schwappte etwas von der heißen Flüssigkeit auf meine Hose. Zum Glück war der Kaffee nicht mehr kochend heiß gewesen, sonst hätte ich mich auch noch mit einer Verbrühung herumschlagen müssen oder schlimmer noch, zum Arzt gemusst.

Die Stunden zogen sich hin, zäh wie Kaugummi. Aber ich war weit davon entfernt, den Feierabend herbeizusehnen, denn was erwartete mich schon zu Hause? Eine leere Single-Wohnung.

Bisher hatte mich das nicht gestört, im Gegenteil. Aber seit ich Thomas kannte, schien etwas in mir losgetreten worden zu sein. Etwas, von dem ich noch nicht wusste, ob es mir gefiel. Was hatte er bloß mit mir gemacht, dass ich mein Single-Dasein verteufelte, das mir lange Zeit lieb und teuer gewesen war?

Wenn ich wenigstens eine Katze, einen Hund oder ein anderen Haustier gehabt hätte. Aber das kam für mich nicht in Frage. Ich hatte nichts gegen Tiere, im

Gegenteil, aber ich selbst war noch nie der Typ für Haustiere gewesen.

Immer wieder musste ich an Thomas und an unseren gemeinsamen Abend denken. Die Aussicht, ihn nun wahrscheinlich nie wiederzusehen, war wie ein Schlag in den Magen. Hatte ich mich etwa in ihn verliebt? Dieser Gedanke machte mich ganz wuschig. Nein, das durfte nicht sein, das wäre eine Katastrophe. Weil er ja offensichtlich kein Interesse mehr an mir hatte.

Abends, als ich lustlos durchs Programm meines Filmstreaming-Anbieters scrollte, klingelte mein Telefon. Ich hatte keine Lust, mit irgendjemanden zu sprechen, aber ich warf dennoch einen Blick aufs Display. Zu meiner Überrraschung wurde mir Thomas' Name dort angezeigt. Einen Moment lang überlegte ich, ob ich überhaupt rangehen sollte, doch dann siegte meine Neugier.

„Moin, Sarah", sagte er. „Ich wollte mich ja melden wegen eines Treffens. Wann würde es dir denn gut passen?"

Fast wäre ich mit einem „Heute!" herausgeplatzt, aber ich bekam gerade noch rechtzeitig die Kurve. Das wäre ja oberpeinlich geworden ...

„Warte mal kurz, ich schau mal …" Ich legte das Handy beiseite und zählte lautlos bis zehn, auch wenn mir das schwerfiel. Doch er sollte ruhig denken, dass ich erst mal einen Blick in meinen Terminkalender werfen musste. „Wie wäre morgen Abend?", fragte ich schließlich.

„Das passt mir gut, prima. Um 19 Uhr?"

„Ja, ist gut."

„Alles klar, ich freue mich auf dich. Ich koche uns was Leckeres zu essen. Bis dann."

Er legte auf. Verdattert starrte ich den Hörer an. War das gerade wirklich passiert, oder hatte ich es geträumt? Ich war versucht, mich probehalber in den Arm zu zwicken. Aber das war albern, natürlich war ich wach, sonst würde ich doch nicht hier im Wohnzimmer sitzen.

Also lag Thomas doch etwas an mir? Hatte ich mir ganz umsonst Sorgen gemacht? Ich kam mir vor wie ein Idiot. Oder ging es ihm einfach um eine freundschaftliche Verabredung? Er hatte „Treffen" gesagt, nicht „Date". Waren wir jetzt sozusagen in der „Friendzone" gelandet? Oder legte ich viel zu viel Bedeutung in seine Wortwahl? Was immer es war, hoffentlich würde ich es am morgigen Abend herausfinden…

Kapitel 16

Am Montag hatte ich wieder meinen Vater im UKE besucht, wenn auch nicht lange. Er war einigermaßen stabil, sah aber sehr mitgenommen aus und konnte kaum sprechen. Meine Mutter war ebenfalls da gewesen und ich hatte ihr gesagt, sie solle sich unbedingt melden, wenn sie bei irgendetwas Hilfe bräuchte. Die Sorge um ihn machte mir echt zu schaffen.

Auf der anderen Seite musste ich sehr viel an Sarah denken. Sie ging mir nicht mehr aus dem Kopf seit unserem Date in der Bar und ihrem anschließenden Besuch bei mir. Das irritierte mich mehr, als ich mir eingestehen wollte.

Seit Patty und ich uns getrennt hatten, hatte ich einige Dates gehabt. Manche endeten mit Sex, andere mit einer höflichen Verabschiedung. Ich erinnerte mich wieder an diese eine Frau, die mich beim ersten Treffen schon nach kurzer Zeit ziemlich unverblümt gefragt hatte, ob ich an einer Fick-Beziehung interes-siert sei.

Ich war mir nicht sicher, ob ich das progressiv finden sollte oder vulgär. Ich kannte einige Männer, die solch ein Angebot mit Kusshand angenommen hätten. Aber ich lehnte ab, denn wenn ich ganz ehrlich war, musste ich zugeben, dass ich im Grunde ein sentimentaler Romantiker war, der bei manchen schnulzigen Filmen anfing zu heulen. Zum Beispiel bei *Vier Hochzeiten und ein Todesfall.* Zumindest, wenn mir niemand zuschaute.

Sarah hatte bei mir offenbar einiges an romantischen Gefühlen ausgelöst, mit denen ich ehrlich gesagt nicht gerechnet hatte. Ich fand sie richtig süß, auch wenn wir uns ja noch nicht wirklich gut kannten. Aber immerhin hatten wir uns nun schon ein paar Mal getroffen und waren ja auch zusammen zu dem Blogger-Event gereist.

Und dann bei mir zu Hause … mir wurde ganz heiß, als ich daran dachte, wie sehr sie an diesem Abend mich erregt hatte. Ihr war es offensichtlich ähnlich gegangen und anstatt es zu verstecken oder einen auf cool zu machen, hatte sie sich völlig gehen lassen. Was mich wiederum ganz schön angetörnt hatte.

Im Alltag achteten die meisten Menschen ja sehr darauf, wie sie nach außen wirkten. Aber beim Sex – zumindest, wenn man ihn wirklich genießen wollte - konnte man das voll vergessen, oder die ganze Angelegenheit wurde steif und künstlich. Sarah hatte sich einfach in den Moment fallen lassen und es schien ihr dabei völlig egal gewesen zu sein, welchen Eindruck sie auf mich machte. Das fand ich richtig sexy.

Außerdem war es mir völlig egal, dass sie einige Pfunde zuviel auf die Waage brachte. Sie fühlte sich richtig gut an. Bei Patty hatte ich die Rippen unter meinen Fingern spüren können, und hatte immer das Gefühl, aufpassen zu müssen, weil ihr das etwas Zerbrechliches verlieh.

Bei Sarah war es ganz anders, ihr Körper war weich und warm gewesen und ich konnte gewissermaßen richtig zugreifen, ohne ihre Knochen zu fühlen. Ungewohnt für mich, aber mir gefiel das überraschend gut.

Bei unserem Date heute sollte nichts schiefgehen. Deshalb gab ich mir extra viel Mühe mit dem Abendessen. Ich kochte nicht nur ein Hauptgericht nach italienischem Vorbild, sondern bereitete auch Antipasti und ein veganes Tiramisu vor. Das war zwar alles zusammen recht zeitaufwändig, aber es war richtig lecker, also würde sich die Mühe lohnen. Die Vorbereitungen halfen mir außerdem gegen meine Nervosität.

Ob Sarah heute Nacht hier bleiben würde? Würden wir … bei dem Gedanken wurde mir schon wieder heiß und das lag nicht an der Wärme in der Küche. Und ob Sarah wohl gemeinsam mit mir ein weiteres Video drehen wollen würde? Aber Letzteres war nicht so wichtig. Wenn sie es nicht wollte, würde ich mir halt allein etwas ausdenken.

Endlich war der Balkon mal zu etwas gut – ich machte mir sonst selten die Mühe, dort für mich allein anzudecken. Nur hin und wieder setzte ich mich nach draußen und trank einen Kaffee. Aber an dem Tisch, den Patty und ich damals aufgestellt hatten, war Platz genug für zwei, außerdem war der Septemberabend überraschend milde. Sarah und ich würden ohne Probleme draußen sitzen können, zumindest für eine Weile. Ich breitete ein Tischtuch aus und stellte Kerzen auf, bevor ich andeckte.

Um Punkt 19 Uhr, als ich gerade den Wein geöffnet hatte, klingelte es an meiner Tür.

Sarah trug an diesem Abend ein knallrotes Kleid und einen passenden Lippenstift dazu. Beides bildete einen starken Kontrast zu ihren blonden Haaren. Sie sah umwerfend aus.

Sarah lächelte vorsichtig und ich zog sie spontan in eine Umarmung. Am liebsten hätte ich sie geküsst, aber etwas in ihrem Gesicht hielt mich davon ab.

„Schön, dass du da bist", sagte ich stattdessen. „Ich habe für uns auf dem Balkon gedeckt. Such dir gern schon mal einen Platz aus, ich komme gleich mit dem Essen."

„Danke." Sie folgte mir in die Wohnung und ging hinaus auf den Balkon.

Ich stellte die Nudeln, die Sauce mit dem Gemüse und die Antipasti auf den Tisch. Danach zündete ich die Kerzen an.

„Das sieht sehr schön aus", sagte sie.

„Danke." Ich strahlte sie an. „Magst du Tiramisu?"

„Ja, sehr gern."

„Prima, das gibt's zum Nachtisch."

„Na, dann bin ich mal gespannt", sagte sie. Wieder war da dieses vorsichtige Lächeln in ihrem Gesicht. Vielleicht war es wegen des veganen Essens?

Kurz darauf saßen wir beide auf dem Balkon und ließen es uns schmecken. Ich sah herab auf die Bäume in der Straße. Vereinzelte Fußgänger waren unterwegs, in der Nähe war Kindergelächter zu hören und ein Auto fuhr vorbei, aber ansonsten war der Abend angenehm ruhig. Wie gut, dass ich nicht irgendwo an einer dicht befahrenen mehrspurigen Straße wohnte.

Ich erzählte Sarah, was mit meinem Vater passiert war.

Sie blickte mich überrascht an. „Oh, das tut mir leid. Jetzt verstehe ich, warum du mir abgesagt hast. Wie geht es ihm denn jetzt?“, fragte sie.

„Er ist stabil, zum Glück. Aber er wird wohl noch eine ganze Weile im Krankenhaus bleiben müssen.“

„Hoffentlich geht es ihm bald besser.“

„Ja, das hoffe ich auch. Er hatte viel Stress bei der Arbeit in letzter Zeit, das hat vermutlich noch dazu beigetragen.“

„Solche Dinge passieren ja meistens aus heiterem Himmel ...“

„Das ist wahr. Ich kam mir wie der letzte Arsch vor, als ich dir abgesagt habe.“

Sie winkte ab. „Mach dir keine Gedanken deswegen, ist doch verständlich. Hätte ich genauso gemacht.”

Ihre Worte waren eine Erleichterung für mich. Später erzählte ich ihr von der Misere mit der Userin, die zum Boykott meines Blogs aufgerufen hatte.

„Ach, du liebes Bisschen. Und was willst du dagegen unternehmen?”

„Na ja, erst wollte ich ein Video aufnehmen. Aber ich habe nichts Vernünftiges zustande gebracht. Ich hab dann erst mal einen kleinen Textbeitrag geschrieben und gesagt, dass ich mich später noch mal zu dieser

Angelegenheit äußere. Um ehrlich zu sein, ich wollte dich gern fragen, ob du vielleicht noch einmal zusammen mit mir ein Video aufnehmen würdest."

Sie legte die Gabel hin, die sie gerade hatte zum Mund führen wollen. „Du meinst, ich halte die Kamera?"

„Nein, die Kamera ist nicht das Problem, die lässt sich gut einstellen. Ich dachte eher daran, dass wir beide im Video zu sehen sind und darüber sprechen, warum wir dieses gemeinsame Video neulich gemacht haben."

Sarah runzelte die Stirn. Hatte ich es falsch angefangen?

„Hast du mich deshalb heute Abend eingeladen?", fragte sie mit schmalen Augen.

„Wie? Nein, natürlich nicht. Ich meine, wir wollten uns doch sowieso treffen, weil..." Ich brach ab.

„Ja, warum? Das würde ich gern wissen."

Oh Mann. Sie hatte meine Frage in den völlig falschen Hals bekommen. Dieses Missverständnis musste ich so schnell wie möglich aus der Welt schaffen. „Weil ich dich gern wiedersehen wollte. Ich habe den Abend mit dir am Wochenende sehr genossen. Was dachtest du denn?"

Sie schien noch immer nicht überzeugt. Eine steile Falte zeigte sich zwischen ihren Augenbrauen.

„Hast du denn gedacht, ich will dich mit einem Abendessen bestechen?", fragte ich. „Hör mal, wenn du keine Lust hast, mit mir noch mal ein Video zu machen, das ist für mich nicht so wichtig. Ehrlich nicht. Ich würde mich einfach freuen, wenn wir einen weiteren schönen Abend miteinander verbringen."

Allmählich glättete sich ihre Stirn wieder und sie versuchte sich an einem zaghaften Lächeln. „Okay. Ich dachte nur eben wirklich, das hier", sie deutete auf den gedeckten Tisch, „sei irgend ein komischer Versuch von dir, mich zu so einer gemeinsamen Aktion zu überreden."

„Nein, echt nicht. Wie gesagt, das ist zweitrangig."

Sie schüttelte den Kopf. „Nein, das ist es nicht. Immerhin geht es um deinen Blog und damit um deinen Nebenverdienst. Ich werde dir gern helfen. Aber lass uns bitte nicht heute Abend darüber reden, okay?"

„Ja, du hast Recht. Wir können uns ja ein anderes Mal dafür treffen."

„Gute Idee", sagte sie und aß weiter. Einen Moment lang schwiegen wir beide. Ich trank einen Schluck Wein, der angenehm fruchtig schmeckte.

„Sag mal, kennst du dich zufällig mit Zumba aus?", fragte sie kurz darauf.

„Ein bisschen. Ich hab das in einer Fortbildung kennengelernt und hab auch einige Kurse angeleitet. Warum?"

„Na ja, ich dachte, ich schau mir das mal näher an, weil ich gern tanze. Ich bin neulich zufällig darauf gestoßen. Aber es ist bestimmt ziemlich anstrengend, oder?"

Ich überlegte kurz. „Ich würde sagen, das kommt auf die Kondition an. Wenn man untrainiert ist, dann ist es bestimmt erst mal anstrengend, aber das gibt sich mit der Zeit. Ich meine, wenn man am Ball bleibt. Ich hab eine Zumba-Workout-DVD. Wenn du magst, kann ich sie dir gern mal ausleihen."

„Oh, das würde mich freuen."

„Prima. Und dann kannst du ja mal berichten, wie es dir gefallen hat."

Sie nickte. „Ja, das mache ich gern."

Ich sah sie nachdenklich an, während sie ihr Tiramisu löffelte und ertappte mich dabei, dass ich wieder an unseren gemeinsamen Abend von neulich denken musste.

Es heißt ja, dass Männer sehr oft im Alltag an Sex denken. Einer Studie zufolge, die ich irgendwo gelesen hatte, ungefähr alle halbe Stunde einmal. Das machte also an einem Tag bei 16 Stunden immerhin rund 32 Mal. Also ziemlich häufig, vor allem langfristig betrachtet. Als ich jünger war, ging es mir wirklich so. Ich musste nur eine interessante Frau sehen und schon sprang mein Kopfkino an. Und da war es egal, ob es eine reale Frau war, ein Bild in einer Zeitschrift oder eine Schauspielerin in einem Film. Je älter ich wurde, desto mehr hatte dies nachgelassen. Ich denke über alles mögliche nach. Die Steuererklärung, die ich längst fertig haben wollte. Etwas, das an meinem Fahrrad kaputt gegangen ist und was ich reparieren sollte. Was ich als nächstes koche oder was ich noch einkaufen muss. All diese kleinen Einzelheiten, aus denen sich unser Alltag zusammensetzt.

Bei diesem Abendessen mit Sarah dachte ich allerdings ziemlich häufig an Sex. Die Art, wie sie sich über die Lippe leckte, sich das schimmernde Haar zurückstrich und mich aus dunklen Augen musterte … wie hätte ich da nicht an Sex denken können? Zumal ungesagt in der Luft hing, dass wir möglicherweise beide dort weitermachen wollten, wo wir am Wochenende aufgehört hatten. Mir kamen auch diese Wortspiele in den Sinn angesichts des Nachtischs, der ja gern hier und da mit Sex gleichgesetzt wurde. Sarah hatte ihre Schale bereits fast geleert.

„Ist alles in Ordnung?", riss sie mich aus meinen Gedanken.

Oh Mann, ich hatte sie schon viel zu lange angestarrt. Mir stieg die Hitze in die Wangen, bestimmt wurde ich ganz rot. Oder vielleicht bemerkte sie es nicht, wegen meiner leichten Sonnenbräune, die ich noch mit in den September gerettet hatte?

„Ja, alles bestens", sagte ich schnell. „Ich habe nur gerade überlegt, was wir nach dem Essen machen könnten…"

„Du wolltest doch neulich eine Revanche haben, für das Spiel, erinnerst du dich?"

„Stimmt. Aber ich ... also um ehrlich zu sein, hatte ich eigentlich an etwas Anderes gedacht." Ich griff nach ihrer Hand und strich über ihre Finger.

Zu meiner Erleichterung stahl sich ein Lächeln in ihr Gesicht und sie erwiderte meinen Blick ohne auszuweichen. Ich beugte mich vor und küsste sie. Sie ging mit unangeahnter Intensität darauf ein und mit einem Mal hatten wir es beide eilig, vom Tisch aufzustehen – wobei ich mit einer fahrigen Bewegung beinahe mein Glas auf den Boden gefegt hätte.

Ich vergrub eine Hand in ihren Haaren, während wir uns weiterküssten, als ob wir uns nie wieder loslassen wollten. Mir wurde ganz warm und zugleich liefen mir kribbelnde Schauer über den Rücken. Wow, so was hatte ich lange nicht mehr empfunden, auch nicht bei den gelegentlichen One-Night-Stands. Da war es Begehren gewesen, sicher. Aber das hier war intensiver. Diese Frau war echt unglaublich ...

Ich zog Sarah mit mir, hinüber in Richtung Schlafzimmer, stolperte im Flur beinahe über ein Paar Schuhe, was uns beide zum Lachen brachte. Im Schlafzimmer schaltete ich die Deckenleuchte ein, dimmte sie aber etwas herunter.

Hastig zogen wir uns gegenseitig aus, es konnte mir gar nicht schnell genug gehen. Ich zerrte so sehr an ihrem Kleid, dass sich fast einer der Knöpfe löste. Unsere Kleidung landete zerknüllt auf dem Boden, bald standen wir im gedämpften Licht nackt voreinander. Sarah sah ... sinnlich aus. Sie war voluminös mit ihrer Rubensfigur, doch sie hatte dabei wunderbar kurvige Proportionen.

In den nächsten Minuten, kaum dass wir auf dem Bett lagen, wurde aus uns ein fiebriges Knäuel ineinander verschlungener Gliedmaßen und pochender Herzen. Ich ließ jede Zurückhaltung fallen und erforschte Sarahs weichen Körper mit Fingerspitzen und Zunge. Wie gut sich das anfühlte! Ihre Haut schmeckte salzig und der schwache blumige Duft eines Parfüms oder Duschgels ging von ihr aus. Mir wurde immer wärmer, meine Erregung nahm zu. Es würde nichts werden mit einem langen Vorspiel, denn viel länger konnte ich das nicht durchhalten. Meine Nerven waren wie zum Zerreißen gespannt.

„Oh, bevor ich das vergesse", sagte ich, rollte an den Rand des Bettes und öffnete die Nachttischschublade, in der die Kondom-Packung lag. Ich holte eines hervor.

Sarah nickte nur und begann, meinen Oberkörper mit Küssen zu bedecken, während ihre Hand tiefer glitt und dort Dinge mit mir anstellte, die mir fast wimmernde Laute entlockten. Ich beugte mich vor zur ihr, so dass sie von meinem Brustkorb abließ. Meine Fingerspitzen glitten über ihre vollen Brüste und ich küsste sie dort. Sarah blickte mich aus ganz dunklen Augen an und hörte nicht auf, mich zu reiben.

„Ich will dich…", brachte ich hervor, meine Stimme heiser vor Erregung.

Ihre Stimme war kaum mehr als ein Flüstern. „Geht mir auch so..."

Unsere Blicke trafen sich. Ein verheißungsvolles Knistern schien in der Luft zwischen uns zu liegen.

Mit hastigen Bewegungen zog ich das Kondom über. Danach konnte ich mich nicht länger zurückhalten. Dennoch zwang ich mich, vorsichtig zu sein, als ich in sie eindrang, schließlich wollte ich ihr nicht weh tun.

Wow, wie eng sie war. Das hatte ich nicht erwartet, und es machte mich rasend. Ich fühlte einen Schweißfilm auf meiner Haut, küsste sie erneut und bewegte mich in ihr, erst langsam, dann immer schneller.

Sarah stöhnte, ihre Hand glitt plötzlich zwischen uns, zwischen ihre Beine und sie streichelte sich dort, während ich weiter in sie eindrang. Das sah verdammt sexy aus. Und wieder war da so ein Moment ... es schien ihr völlig gleichgültig zu sein, wie sie wirkte, sie gab sich einfach dem Moment hin. Dieser Anblick heizte mir ganz schön ein.

Mein Herz klopfte noch schneller, es trommelte mir in der Brust, während sich in meinem Unterleib die Hitze wie ein Feuer weiter ausbreitete. Sarahs Stöhnen ging nun in eine Art Wimmern über, immer höher wurden die Töne, und sie hörte nicht auf, sich zu berühren. Es war unglaublich.

Meine Erregung kam an den Punkt, an dem es kein Zurück gab, wie ein Woge, die sich immer weiter aufbaute und erst in der Brandung am Ufer brach. Ich vergaß alle Hemmungen und stöhnte laut auf, als der Orgasmus meinen Körper erfasste und durch mich hindurchfuhr. Auch als er verebbte, bewegte ich mich noch eine Weile in ihr. Es fiel mir schwer, mich von ihr zu lösen, es war alles viel zu schnell gegangen. Oder vielleicht war es mir nur so vorgekommen, weil ich einfach nicht genug von ihr kriegen konnte.

Vorsichtig zog ich mich aus ihr zurück und legte mich neben sie. Es stimmte, was ich ihr am Wochenende gesagt hatte: Es gefiel mir sehr, ihren weichen Körper unter meinen Fingern zu spüren.

Einen Moment lang sagten wir beide nichts und sahen einfach an die Decke. Dann schmiegte sie sich an mich. „Ich hatte schon fast vergessen, wie schön Sex sein kann", sagte sie leise.

„Ähm … ich nehm das mal als Kompliment", erwiderte ich.

„Ja, das kannst du auch.”

„Warte mal einen Moment, ich bin gleich wieder da.” Ich stand auf und ging ins Bad hinüber, um das Kondom zu entsorgen und mich zu säubern.

„Ist es nicht seltsam, das mit uns beiden?”, fragte sie mich, während sie kurz darauf eng an mich gekuschelt neben mir lag.

Ich lächelte. „Wie heißt es so schön – Gegensätze ziehen sich an.”

„Ich hoffe, du erwartest nicht als nächstes, dass ich mit dir joggen gehe oder so was“, sagte sie.

Ich sah ihr direkt in die Augen. „Ich erwarte überhaupt nichts von dir. Ich mag dich genau so, wie du bist.“

Einen Moment lang musterte sie mich überrascht, dann strahlte sie. „Das freut mich sehr.“

Sarah

Kapitel 17

„Moin, ich bin Thomas”, sagte er in die Kamera.

„Und ich bin Sarah”, erklärte ich. In unserer gemeinsamen Nacht bei ihm hatten wir wenig Schlaf gefunden. Wir hatten uns noch ein zweites Mal geliebt und es war genau so schön wie zuvor gewesen. Später hatten wir noch lange wach gelegen und miteinander gesprochen. Auch über ein weiteres gemeinsames Video, das wir nun, zwei Tage später, in seinem Wohnzimmer aufnahmen.

„Vor einigen Tagen hat eine Userin dazu aufgerufen, meinen Blog zu boykottieren“, erklärte Thomas. „Ich sage das ganz offen und ich nenne keine Namen. Der eine oder andere von euch hat es sicherlich gelesen. Und natürlich steht es jedem von euch frei, mir nicht mehr zu folgen”, fuhr er fort und machte eine winzige Pause.

„Aber Sarah und ich werden weiterhin zusammenarbeiten und auch in Zukunft gelegentlich gemeinsame Videos aufnehmen. Denn eines ist in meinem Blog bei allem Gesundheitsbewusstsein zu kurz gekommen – der Genuss. Und Genuss ist letztendlich auch für die Gesundheit wichtig. Sarah widmet sich diesem Thema schwerpunktmäßig.” Er warf mir einen Blick zu.

„Ja, allerdings so sehr, dass bei mir wiederum gelegentlich bisher gesundheitliche Aspekte ein bisschen unter den Tisch fallen. Und hier kommst du ins Spiel", sage ich zu ihm. „Ich werde meinen Blog deshalb in Zukunft erweitern – bei mir wird es nicht mehr nur ums Backen gehen, sondern ich werde mich auch Themen zu gesunder Ernährung widmen. Es gibt ja auch allerhand interessante Rezepte, die mit wenig Zucker und Fett auskommen. Und in letzter Zeit bin ich auch auf vegane Rohkosttorten aufmerksam geworden, dazu möchte ich ebenfalls einige Videos machen. Außerdem möchte ich auch das Thema Wellness aufgreifen. Ich denke, Thomas und ich können beide voneinander lernen. Ich hätte zum Beispiel nie gedacht, dass veganes Backen so gut funktioniert."

„Und was das angeht: Keine Sorge, auch bei mir wird es in Zukunft nicht um Kalorienbomben gehen", sagte Thomas, nun wieder zur Kamera gewandt. „Aber gemeinsam mit Sarah werde ich der Frage nachgehen, wie man sich das Leben etwas leichter machen und wie man es mehr genießen kann. Denn seien wir mal ehrlich, wer zählt schon gern Liegestützen oder Kalorien? Zumal es bei all der Gesundheitsoptimierung mittlerweile schon Gegentrends gibt. Einer davon ist Body Positivity, dazu hat Sarah vor kurzem ein Video gemacht. Und vielleicht habt ihr auch schon Bücher gesehen wie dieses hier…"

Er hielt ein Buch in die Kamera. „*Am Arsch vorbei geht auch ein Weg: Wie sich dein Leben verbessert, wenn du dich end-*

lich locker machst von Alexandra Reinwarth." Er legte das Buch beiseite. „Ein anderes Buch in dieser Richtung ist *Fuck it! – Loslassen – entspannen – glücklich sein* von John C. Parkin. Und daran werde ich mir ein Beispiel nehmen. Und ich hoffe, ihr seid mit dabei. Also, weg mit dem Optimierungswahn. Machen wir uns stattdessen locker und genießen wir das Leben. Mehr dazu gibt es dann im nächsten Video. Bis dahin, macht's gut!"

Wir verabschiedeten uns beide. Kurz darauf schaltete Thomas das Gerät aus.

„Ich bin gespannt, was für Reaktionen wir haben werden", sagte er.

„Ich auch."

„Morgen schneide ich es und lade es hoch."

„Sag mir bitte Bescheid, wenn es online ist", bat ich ihn.

„Na klar. Aber jetzt steht mir der Sinn nach etwas ganz Anderem…" Mit einem schiefen Grinsen zwinkerte er mir zu. Darauf konnte es nur eine Antwort geben: Ich beugte mich vor und küsste ihn. Danach gab es nur noch uns beide und ich vergaß die Welt um uns herum.

Epilog

Es war einer dieser knackig kalten Tage im Januar, doch im Trainingsraum des Fitness-Clubs war es mollig warm. Allein schon die vielen Leute hier sorgten dafür, dass sich einiges an Wärme im Raum sammelte.

Angeleitet vom Trainer, gingen wir in einer Art Marschschritt auf der Stelle und bewegten den Oberkörper dazu, die Hände auf den Oberschenkeln, während die rhythmische lateinamerikanische Musik uns antrieb. Später wechselte die Schrittfolge und wir schwenkten dazu die Arme mit weitausholenden Gesten. Manchmal ging mir durch den Kopf, dass das auf einen unbeteiligten Zuschauer reichlich seltsam wirken musste, aber wir machten das alles ja nicht für ein Publikum.

Als nächstes folgte eine Sequenz, in der wir die Ellenbogen wechselseitig zu den hochgezogenen Knien brachten und danach wurde es etwas ruhiger mit langsameren, aber auch wieder weitausholenden Armbewegungen, begleitet von Schritten, die wir im Viereck machten. So ging es weiter, ein schweißtreibendes Training, das mir viel Spaß machte, zumal ich mittlerweile nicht mehr so schnell aus der Puste geriet wie noch vor wenigen Wochen. Später folgte eine Sequenz, bei der wir uns um die eigene Achse drehten und auch das gelang mir besser als früher, denn anfangs war mir bei dieser Übung oft schwindlig geworden.

Der Trainer, Louis, nickte mir zu, als die Stunde zuende war. „Es wird immer besser, du baust langsam Kondition auf."

„Ja, und es macht mir richtig Spaß. Hätte ich anfangs nicht gedacht. Aber ich bin froh, dass ich diesen Kurs belegt habe."

Nachdem ich mich umgezogen hatte, setzte ich mich ins Café des Clubs, wo ich mir einen Smoothie gönnte. Keinen grünen, die mochte ich bis heute nicht. Stattdessen einen schönen fruchtigen, dessen Farbe irgendwo zwischen Orange und Rot schwankte.

Ich wartete auf Thomas, dessen heutige Schicht in einer halben Stunde zu Ende sein würde.

Eine Kursteilnehmerin kam zu mir geschlendert. „Hallo, Sarah. Ich hab dein Video über die veganen Kekse gesehen und ausprobiert. Hat super geklappt und ich war richtig happy, dass die so saftig geworden sind."

„Das freut mich", sagte ich strahlend. „Ich hab es selbst entwickelt. Hat eine Weile gedauert, bis ich den richtigen Dreh raus hatte. Prima, dass es bei dir auch gut geklappt hat. Sehen wir uns nächsten Dienstag wieder?"

„Ja, bis dann." Sie winkte mir zu und steuerte auf den Ausgang zu.

Kurz darauf kam mir Thomas entgegen und lächelte. Ich liebte es, wie seine haselnussfarbenen Augen dabei leuchteten.

„Na, wie war's heute?", fragte er mich.

Ich strahlte ihn an. „Gut. Ich mache Fortschritte, Louis hat mich sogar gelobt."

Thomas' Lächeln wurde noch breiter. „Sehr gut."

„Und wie war's bei dir?", erkundigte ich mich.

„Das wird auch immer besser. Nach dem Bänderriss musste ich ja erst mal wieder Kondition aufbauen, aber ich merke, dass inzwischen wieder mehr geht."

„Das freut mich sehr für dich." Ich drückte seine Hand und gab ihm einen Kuss.

Wir wohnten nicht zusammen – noch nicht – so dass wir uns abwechselnd bei mir oder bei ihm trafen. An diesem Abend zog ich es allerdings vor, nach dem Fitnesskurs allein zu sein, da ich noch etwas für meinen Blog fertigmachen wollte. Wir beide ließen uns gegenseitig Freiraum, und gerade wenn es um unsere Blogs ging, hatten wir Verständnis für entsprechende Aktivitäten.

„Wie geht's eigentlich deinem Vater?", erkundigte ich mich bei ihm.

„Mit jedem Tag besser, zum Glück. Die Reha hat ihm richtig gut getan. Er hat gestern mit mir telefoniert und sagte, er macht nun einen Kurs für Progressive Muskelentspannung. Das gefällt ihm bisher sehr gut. Eigentlich hat er sonst Schwierigkeiten, einfach ruhig liegen zu bleiben, aber durch die Muskelanspannung, die man dabei macht, fällt es ihm leichter."

„Das hört sich gut an."

„Ja. Ich hab ihm schon vor Monaten zu so etwas geraten, aber damals wollte er davon nichts hören. Aber nun hat er wohl eingesehen, dass er etwas ändern muss und auch meine Mutter achtet sehr drauf. Auch auf die Ernährung, sie haben einiges umgestellt. Sie hat sich sogar Kochbücher von mir ausgeliehen, um mal was veganes zu testen."

Ich lächelte ihn an. „Nicht schlecht."

Am folgenden Abend kamen Freunde zu Besuch und wir trafen uns bei Thomas, weil in seiner Wohnung etwas mehr Platz für Gäste war. Auf dem Speiseplan standen natürlich vegane Gerichte, die wir zusammen vorbereiteten. Als Kompromiss gab es außerdem etwas Vegetarisches, mit Käse überbackene Teigtaschen, die mit Gemüse gefüllt waren.

Außerdem hatten wir zusammen eine vegane Modetorte gebacken. Das hatten wir uns eigentlich schon im Sommer vorgenommen, aber wir waren bisher noch nicht dazu gekommen. Allein schon die Herstellung des veganen Fondants war ziemlich aufwändig gewesen. Insgesamt hatten wir mehrere Stunden gebraucht, um die Torte herzustellen. Puh, das war ganz schön viel Arbeit gewesen. Optisch betrachtet, hatte es sich aber schon gelohnt, und wir hatten sämtliche Arbeitsschritte fotografisch für meinen Backblog festgehalten. Nach den Hauptspeisen würden wir später sehen, ob sich die ganze Mühe auch geschmacklich gelohnt hatte.

Jeanine und Matthias brachten uns einen Wein mit. Pedro war ebenfalls mit von der Partie. Svenja und Timo hatten für ihre Tochter einen Babysitter gefunden, so dass sie beide zu uns kommen konnten. Außerdem waren Marek und Fabian, Freunde von Thomas, ebenfalls dabei. Ich kannte die beiden von einem gemeinsamen Spieleabend und sie waren mir beide sympathisch.

Thomas stellte zusätzlich zu den vorhandenen Stühlen noch Klappstühle bereit, damit alle Platz fanden.

„Was ist eigentlich der Anlass heute?", erkundigte sich Jeanine. „Irgendwelche wichtigen Neuigkeiten?", fügte sie mit einem schelmischen Grinsen hinzu.

„Nein, da muss ich dich leider enttäuschen", erwiderte ich lachend. „Beziehungsweise … wir haben rein aus Spaß an der Freude eine vegane Modetorte gebacken und die wollten wir natürlich nicht allein essen."

„Na, da bin ich ja mal gespannt." Svenja lächelte. „Habt ihr eigentlich mal überlegt, ob ihr zusammenzieht?"

„Ja, schon. Aber wir haben noch keine konkrete Wohnung ins Auge gefasst", erklärte Thomas.

„Hui, das sind doch mal Neuigkeiten", sagte Jeanine. „Falls ich was höre, von einer Wohnung, die frei wird, sage ich euch Bescheid."

Ich bedankte mich. Es war nicht leicht, in Hamburg eine bezahlbare Wohnung zu finden. Aber ich war guter Dinge, dass wir früher oder später Glück haben würden, was das anging.

Unsere Blogs hatten den Wechsel an Themen gut überstanden. Ich bloggte nun nicht mehr nur über Backen, sondern auch über Wellness und gesunde Ernährung, zum Beispiel über verschiedene Massagemethoden, über Rohkost-Rezepte und über eher sanfte Sportarten, die nicht allzu sehr anstrengten.

Thomas probierte sich an allerhand Rezepten und anderen Dingen, die man unter das Motto „Genuss und Lebensfreude“ stellen konnte. Auch unsere Kooperationen mit anderen Bloggern, darunter Ellen und Stefan, die wir in Berlin kennengelernt hatten, liefen prima und wir machten so gegenseitig unsere Follower auf den Blog des jeweils anderen aufmerksam. Zwar hatten Thomas und ich bei der Umstellung unserer Blogs beide eine ganze Reihe an Abonnenten verloren, doch im Laufe der letzten Wochen waren auch viele neue dazu gekommen.

Thomas strahlte übers ganze Gesicht und freute sich sichtlich über den Besuch an diesem Abend. Und ich wusste mal wieder nicht, wohin mit all den Gefühlen für ihn. Mir wurde ganz warm ums Herz, wenn ich ihn nur ansah. Bei uns musste es wirklich so sein, wie er neulich gesagt hatte: Gegensätze zogen sich an ...

Später servierten wir unseren Freunden die Torte und ich war mächtig gespannt, was sie davon halten würden. Thomas und ich hatten lange überlegt, wie wir sie dekorieren sollten. Da es eine Torte mit Schokoladen- und Orangencreme war, hatten wir uns schließlich für eine Deko mit Schokoplättchen und

Orangenscheiben aus Fondant entschieden, was durch das Braun und das Orange einen schönen farblichen Kontrast bildete.

„Wow", sagte Marek, „da habt ihr euch ja richtig Mühe gegeben."

„Ich muss ein Foto machen", sagte Fabian.

„Haben wir auch schon gemacht, für unsere Blogs", erwiderte Thomas lachend.

Nach einigem Geknipse bis hin zu Selfies mit der Torte schnitt Thomas sie an und verteilte die Stücke an alle.

Die begeisterten „Ohs" und „Ahs" unserer Gäste zeigte mir schon vor dem ersten Bissen, dass uns dieses kleine Kunstwerk offenbar gut gelungen war. Kurz darauf konnte ich mich selbst davon überzeugen. *Was für ein genialer Geschmack*, ging es mir durch den Kopf. *Mindestens eine Neun auf der Skala von eins bis zehn.*

Ich zwinkerte Thomas zu und er lächelte erfreut. Was für ein schöner Abend! Einen Moment lang dachte ich über uns nach. Trotz aller Unterschiede hatten wir doch einiges gemeinsam und auch so manches voneinander gelernt.

Thomas ließ sich mittlerweile gelegentlich ganz ohne schlechtes Gewissen eine ungesunde, aber leckere Kalorienbombe schmecken und ich hatte richtig Gefallen an Zumba und gesunder Ernährung gefunden. Und das, obwohl ich schon gedacht hatte, ich würde Fitness-Clubs für immer den Rücken zukehren.

Später, als die Gäste gegangen waren und wir nebeneinander im Bett lagen, kuschelte ich mich an ihn.

„Weißt du, dass ich sehr glücklich mit dir bin?“, fragte ich ihn.

„Das geht mir ganz ähnlich“, erwiderte er leise und küsste mich zärtlich.

„Was hast du nur mit mir angestellt?“, fragte er danach. „Ich habe das Gefühl, ich bin ein ganz neuer Mensch.“

„Wie meinst du das?“

Er schenkte mir ein schiefes Grinsen. „Na ja, ich versuche mehr das Leben zu genießen und bin weniger verbissen.“

Ich lachte. „Und dank dir bin ich ehrgeiziger geworden, was meine Kondition angeht. Und ich kenne mich nun besser mit gesunder Ernährung aus als früher. Weißt du, was ich denke?“

„Hmm, was denn?“, fragte er und strich über meine Schultern.

„Wir tun einander gut.“

Er lächelte. „Das will ich doch sehr hoffen.“

Ich kuschelte mich enger an ihn. Selten hatte ich mich so glücklich gefühlt.

Einige Rezepte aus diesem Buch

Sarahs Schokoflash-Brownies

Zutaten:

150 g Butter
150 g Mehl
200 g Zucker
200 g Zartbitterschokolade
1 Päckchen Backpulver
1/4 TL Salz
1 Päckchen Vanillezucker
3 Eier
optional:
1 Paket Vollmilchkuvertüre oder Puderzucker
Öl oder Butter zum Einfetten

Zubereitung:

Bitte beachten: Für dieses Rezept benötigt man eine eckige, flache Backform. Das Mehl mit dem Backpulver und dem Salz vermischen. Zucker, Vanillezucker und Eier schaumig rühren und hinzugeben. Die Zartbitterschokolade zusammen mit der Butter zum Schmelzen bringen, verrühren und etwas abkühlen lassen. Danach zum Teig geben und gründlich mischen.

Den Backofen vorheizen auf 180°.

Mit etwas Butter oder Öl eine eckige, flache Backform einfetten. Den Teig hineinfüllen und glatt streichen. Dann auf mittlerer Schiene circa 20 bis 25 Minuten backen. Wenn der Rand des Teiges schön tiefdunkelbraun ist, sollten die Brownies fertig sein.

Nach dem Abkühlen entweder pur belassen, mit Puderzucker bestreuen oder mit der (im Wasserbad geschmolzenen) Vollmilchkuvertüre bestreichen. Den fertigen Brownie-Teig in Rechtecke oder Würfel schneiden.

Thomas' veganer Marmorkuchen mit Orange

Zutaten:

400 g Mehl

200 g Zucker

80 ml pflanzliches Öl

1 Päckchen Backpulver

1 Päckchen Vanillezucker

400 ml Wasser

1 Prise Salz

Schale einer Bio-Orange, gerieben

20 g Kakaopulver

200 g vegane Zartbitterschokolade

Zubereitung:

Das Mehl und Backpulver in einer Schüssel mischen, danach Zucker, Vanillezucker und Salz hinzufügen und gründlich vermischen. Wasser und Pflanzenöl hinzugeben und den Teig gründlich mit einen Handrührgerät mischen.

Die Teigmasse halbieren und auf zwei Schüsseln aufteilen. Die eine Hälfte mit geriebene Orangenschale verrühren, die andere Hälfte mit dem Kakaopulver.

Als erstes die mit Orangen aromatisierte Masse in die eingefette Backform geben, danach die mit Kakao. Für die Marmorierung einen Löffel durch den Teig ziehen und anschließend die Oberfläche wieder glatt streichen. Im Backofen bei 160° ca. 30 Minuten backen und nötigenfalls mit Alufolie abdecken (falls der Kuchen oben zu dunkel wird). Dann zum Abkühlen herausnehmen.

Die Zartbitterschokolade in einem Wasserbad schmelzen, über den abgekühlten Kuchen streichen und trocknen lassen.

Sarahs einfaches Erdbeer-Joghurt-Eis

Zutaten:

350 g tiefgekühlte Erdbeeren

350 g Naturjoghurt (oder einen veganen Joghurt, z.B. Soja-Vanille oder Kokos)

1 Päckchen Vanillezucker

Zubereitung:

Die TK-Erdbeeren ca. eine Stunde lang bei Zimmertemperatur antauen lassen. Anschließend sind immer noch genügend Eiskristalle in den Früchten, um die Konsistenz einer Eiscreme zu erreichen. Mit dem Joghurt und dem Vanillezucker mischen und die Masse mit einem Mixer pürieren. Gleich servieren und nicht wieder in den Tiefkühler stellen.

Optional: mit frischen Erdbeerstückchen und Schlagsahne servieren.

Variation: das Eis kann auch mit anderen Joghurtsorten oder anderen tiefgekühlten Früchten/Fruchtmischungen hergestellt werden.

Danksagung

Vorweg eine kleine Anmerkung: In diesem Buch tauchen mehrere fiktive Cafés, Restaurants und Clubs auf. Einige davon haben reale Vorbilder aus Hamburg, andere sind frei erfunden. Die Messe „Gesund + Aktiv" gibt es tatsächlich. Das Blogger-Event, das Sarah und Thomas besuchen, ist meiner Fantasie entsprungen, aber es gibt im deutschsprachigen Raum einige vergleichbare Veranstaltungen.

Mein Dank gilt:

… Wie immer Christof, mit dem ich viel über den Plot und einige Einzelheiten sprechen konnte.

… Fränzi und Rike für die vielen Anmerkungen, Vorschläge und Korrekturen.

… Christina und Jan, die mir von ihren Erfahrungen mit Bänderrissen berichtet haben.

… Yasmin, die mir einiges über die Zubereitung von Modetorten verraten hat.

Liebe Leser*innen,

Ich freue mich immer über Feedback oder Rezensionen zu meinen Büchern. Eine Übersicht meiner Veröffentlichungen findest du hier:

www.amalia-zeichnerin.net/veroeffentlichungen/

ISBN 978-3-7502-9986-3

9 783750 299863 00002

www.epubli.de

Printed in Poland
by Amazon Fulfillment
Poland Sp. z o.o., Wrocław

23967958R00111